FORASTERO

La presente obra ha sido distinguida por unanimidad
con el Premio de Novela La Nación-Sudamericana 2008.
El jurado estuvo integrado por Guillermo Martínez, Vlady Kociancich,
Leopoldo Brizuela, Hugo Beccacece y Luis Chitarroni.

Jorge Accame

FORASTERO

LA NACION

Editorial Sudamericana

Accame, Jorge
Forastero. - 1a ed. - Buenos Aires : Sudamericana, 2008.
224 p. ; 23x16 cm. - (Narrativas)

ISBN 978-950-07-3005-1

1. Narrativa Argentina. I. Título
CDD A863

IMPRESO EN LA ARGENTINA

Queda hecho el depósito
que previene la ley 11.723.

Humberto I 531, Buenos Aires.

www.rhm.com.ar

ISBN 978-950-07-3005-1

The Master is here.

RENFIELD

El verbo griego ***legein*** *significa decir, pero también reunir o juntar. Los estudiantes que recién se inician suelen confundir la acepción al traducir.*

C. R.

Los hechos y personajes de esta novela son ficción.
Cualquier parecido con la realidad es pura coincidencia.

—¿Usted sabe por qué los bolivianos no tienen cáncer?

El hombre me observa por el espejo retrovisor. Le digo que ni siquiera sabía que los bolivianos no tenían cáncer, pero no me escucha o no me presta atención.

—Porque comen ají locoto.

Le digo que no conozco el ají locoto.

Me dirige una mirada sorprendida.

—Es un ají que comen ellos.

Con paciencia, insiste:

—Es rojo, chico, muy picante.

Doy vuelta la cabeza hacia el paisaje.

El hombre quiere saber si vengo por trabajo.

—Sí —respondo.

Quiere saber más, pero no pregunta.

—Tenemos una invasión de bolivianos. Ocupan nuestros hospitales, tienen todas las enfermedades posibles. Menos cáncer.

Le pregunto cómo puede estar tan seguro.

—Un primo mío es médico.

Hacemos silencio. Al rato digo:

—Soy periodista. Vengo por el caso de la chica asesinada.

—¿La que encontraron hace dos días?

No pregunta para confirmar, sabe con certeza que se trata de la misma chica. Pregunta para ganar tiempo, mientras decide qué idea hacerse de mí y lo que represento. Piensa: "¿Por qué la gente de afuera no nos deja tranquilos? ¿No tienen sus propios problemas? ¿Por qué se meten en los nuestros?" Por un instante me arrepiento de haberme descubierto. Sin embargo, avanzo un poco más.

—¿Usted sabe qué pasó?

El hombre suspira. Parece que va a revelarme algo importante.

—Sé lo que se dice. La encontraron anteayer. Ya tenía varios días de muerta. Era estudiante. Hay una historia con un profesor.

La chica se llamaba Jimena Sánchez y estudiaba en un terciario. La habían matado y tirado en un terreno baldío.

—El cuerpo tenía heridas cortantes y una marca en la nalga —comenta el hombre.

En la nalga izquierda, una letra, una *Rho* que, según la bizarra versión oficial de la Brigada de Investigaciones, conducía directamente a su profesor de griego, de nombre Constantino Rodas.

—¿Cómo saben que es una letra griega?

—Así dice un agente que estudia en el profesorado y que cursaba algunas materias con la muerta.

—¿Usted qué piensa?

El hombre mueve la cabeza. Se sumerge en un silencio oscuro. En esta región los pueblos están tramados con conexiones temibles. Todo se imbrica, como en el juego de los palitos chinos, no se puede tocar una parte sin tocar el todo.

Trazo mentalmente un esquema de trabajo. Lo primero será sacar el aviso en el diario y buscar un hotel. Por la noche iré al profesorado a hablar con las autoridades y averiguar lo que saben.

—Yo conozco un montón de historias de aquí. Avíseme si lo puedo ayudar.

Quizá se le haya despertado la ambición por la trascendencia. ¿Quién pensará que soy?

Las diferentes tonalidades de verde y los perfumes agridulces de la selva se concentran en el interior del auto y me descomponen. Ruego al hombre que se detenga. Reduce la velocidad y estaciona en la banquina. Estoy transpirando. Abro la puerta y trato de despejarme tomando aire.

—¿Se siente bien? —pregunta.

Aún agitado, entre jadeos, digo:

—Soy...

Me mira preocupado. Trago saliva y tomo aire por la boca. En mi desesperación estoy a punto de confesarle que soy sinestésico. Con un resto de lucidez, sobre la marcha del discurso, cambio las palabras lo mejor que puedo:

—A veces tengo como vahídos, todo se me mezcla en la cabeza. No se preocupe, disculpe, ya estoy bien. Sigamos.

Me recuesto en el asiento y cierro los ojos. Después me duermo. Creo que él ya no habla más. Me despierta cuando llegamos a la ciudad y pregunta adónde quiero ir. Le digo que vayamos al diario y que me espere unos minutos. Andamos unas cuadras y se detiene en un edificio enorme y lujoso.

—¿Y ahora adónde vamos?

—Lléveme a un hotel céntrico.

Antes de despedirnos dice que se llama Javier Lencina y me deja su teléfono. Me hace una seña desde el auto: se toca la cabeza.

—¿Qué? —pregunto.

—Cuídese del sol.

Me doy una ducha y salgo a dar una vuelta. Son cerca de las cinco de la tarde. Según mis datos el profesorado abre a las seis. Camino unas cuadras. Es una ciudad chica, a primera vista igual a muchas otras que he conocido. Sonrisas impresas en los rostros como sellos, mujeres que miran curiosas a los forasteros, hombres ceremoniosos, calles semivacías, una plaza con plantas selváticas de hojas grandes y gruesas, y algunos naranjos insolados.

Me meto en un bar. El mozo me trae el diario y pido un café.

En la página de policiales veo una fotografía de Constantino Rodas. Es un hombre de unos sesenta años, de mentón y nariz grandes, ojos pequeños.

El mozo llega con el café. Comento algo sobre la noticia.

—Usted no es de acá, ¿no, doctor?

Digo que estoy de paso y que no soy doctor.

—¿Paseando?

Le digo que sí, trato de que me cuente acerca del crimen.

Responde que son cosas que pasan de vez en cuando, pero que esta es una ciudad muy tranquila.

—Como cualquier ciudad, doctor —insiste.

A las 18 me dirijo al profesorado. El edificio ocupa una manzana entera. Por dentro está dividido en cuatro alas, cada una con patio central y aulas sobre las galerías de los costados.

Pregunto por el rectorado y me envían hacia una oficina pegada a una escalera. Hay unas cuantas personas aburridas sentadas frente a máquinas de escribir. Me presento y solicito hablar con el rector. Una chica de unos veinte años se levanta sonriendo. Me informa que el rector está dando una clase de Matemática pero que puede llevarme con el profesor Nájar, que es el vice.

Me conduce por un pasillo con luces de neón que parpadean. Tiene caderas chicas y un culo redondo y duro. Le pregunto cómo se llama.

—Alicia —responde.

Hacemos el camino en silencio, llegamos a una puerta. Golpea y abre casi inmediatamente.

—Profesor, lo busca el señor Soler.

—Que pase —dice una voz desde adentro.

Entro y Alicia cierra tras de mí, dejándonos solos.

Me encuentro con un hombre sentado al escritorio que me mira sorprendido.

—¿Nos conocemos? —pregunta con la mayor amabilidad que puede, mientras me tiende la mano.

—No.

—No es de aquí, ¿verdad?

Hay afectación en su manera de hablar. Pronuncia la palabra "verdad" con demasiado énfasis en la "d". Esa "d" intenta marcar distancia entre su investidura de profesor y vicerrector y mi posible poder, desconocido para él.

—No —respondo y callo unos segundos para cambiarle el ritmo—. Trabajo para la revista *Sépalo* de la Capital. Busco información sobre el caso de la chica asesinada.

Me ofrece una silla.

—¿Quiere café?

Bartolomé Nájar habla durante hora y media. Yo permanezco escuchándolo, más bien estudiándolo. Tiene la piel rara, como de lagarto fino, tejida por una red de pequeñas venas azules. Sonríe constantemente y carga sus palabras con zalamerías. Dice cosas como "Usted lo merece", "La Capital es la ciudad más culta y hermosa que", "Aquí es difícil encontrar una inteligencia como". Se despide con un "Espero que podremos satisfacer su pedido", "No faltará oportunidad para" y "Llámeme mañana que seguramente le tendré listos todos los datos".

Creo que está un poco borracho. Puedo sentirle el aliento a vino. Un aliento de precipicio, como una música negra. Me deja la sensación de que oculta algo, quizá no algo directamente relacionado con el crimen, pero me pone alerta. Es posible que me haya citado para el otro día porque en este momento teme traicionarse y quiere pensar mejor la información que me dará.

El aviso del diario da resultado y tengo una convocatoria aceptable. Vienen narradores orales, escritores jóvenes que encuentran difícil publicar un libro y viejos con anécdotas del lugar.

Son unas veinte personas en total. Yo los hago pasar al bar, les ofrezco un café, escucho sus historias y les pago según lo convenido. El dueño del hotel me observa con curiosidad. No recojo nada demasiado interesante. Es mayormente un desfile de episodios con criaturas y lugares imaginarios: duendes, ucumares, coquenas; duelos a cuchillo con Satán, domadores de potros indomables, salamancas. Igual tomo notas y grabo unos pocos relatos con la esperanza de que algo me sirva cuando llegue el momento.

A las ocho de la noche, doy por terminada la jornada laboral y me dispongo a salir y caminar un poco, cuando golpean a la puerta de mi habitación. Es un hombre flaco, alto, desgarbado. Se ve que ha sido joven poco tiempo atrás, pero está muy arruinado, con escasos y pequeños dientes, una barba que le crece débil y despareja y cierta dificultad para hablar. Quizá lo haya visto hoy en alguna parte.

—Yo tengo una historia, doctor —dice.

—Ya terminé por hoy.

—Es una buena historia.

—Venga mañana. Estoy de 10 a 13 y de 16 a 19.

—Bueno. Hasta mañana, entonces.

Se da vuelta y empieza a irse, vacilante, y de pronto me mira.

—¿No puede adelantarme dos pesos? Un anticipo por la historia que le voy a contar.

Comenta que trabaja con Bartolomé Nájar en el profesorado como ordenanza.

Me parece que tiene hambre. Cambio de idea.

—Justo iba a comer algo —le digo—. ¿No quiere acompañarme?

Vamos a un restaurant que está a la vuelta. El hombre devora su plato igual que un náufrago y habla sin cesar.

—No, boludo —dice Tito.

Sus amigos ríen.

—Sí, boludo —lo imita Carlos.

Tito patalea, pero como tiene las manos atadas, es fácil dominarlo. Marta le agarra una pierna y Severo la otra.

—Pará, quedate quieto —dice Javier con voz suave—. Si la culpa es tuya. ¿Quién te manda a casarte?

—Sáquenselos —ordena Carlos.

Tito ya está descalzo y sin camisa. Marta y Severo tiran y le sacan los pantalones. En seguida le sujetan las piernas nuevamente.

Javier embebe el pincel en la brea y empieza a pintarlo desde la cara.

Tito jadea. A veces suelta unas carcajadas cortas y nerviosas. Cuando Javier se inclina sobre él, puede sentirle el olor a alcohol. Todos han bebido. Marta se tambalea un poco, aunque sostiene su pierna con fuerza, casi con rabia, una rabia que él conoce bien, clavándole los dedos en el muslo. Piensa en Ángela, a quien sus amigas le están haciendo la despedida en ese mismo momento. La imagina sentada a una mesa frente a tazas de té y bandejas con tortas y masas, hablando tranquilamente, exagerando emoción en frases de tibia picardía.

El pincel avanza ahora por el cuello y el pecho. Desde su posición, alzando la cabeza, Tito ve cómo su torso se pone negro.

—Ya vas a ver, infeliz —amenaza—. Cuando vos te cases te voy a pintar de mierda. A todos ustedes.

—Tengo mucho miedo. ¿Y vos, Javier, tenés miedo también?

—Me estoy muriendo de miedo.

Cuando terminan, lo atan con unas sogas y lo cargan hasta el auto. Lo ponen en el asiento trasero, a ambos lados se sientan Marta y Javier. Carlos va adelante, acompañando a Severo, que maneja.

Marta acerca su boca a la oreja de Tito.

—¿Por qué te casás con esa nariz parada? Te vas a arrepentir.

Ya está arrepintiéndose.

Dan una vuelta, tocando bocina y aullando a la noche por las calles del centro. A Tito la brea le está produciendo dolor de cabeza.

—Basta, llévenme de vuelta al departamento.

—¿Estás loco? Recién empezamos.

Logra desatarse una mano y le pega un codazo a Javier en el ojo.

—¡Hijo de puta! ¿Qué te pasa?

Tito está desesperado. La situación lo desquicia. Tira una patada y roza el mentón de Marta. La pierna queda sobre el asiento delantero y aprovecha para golpear a Severo y Carlos. Javier y Marta se le tiran encima para sujetarlo.

—Me quiero bañar —grita él, inmóvil y aplastado. Su cuerpo tiembla tan fuerte que sacude el auto.

Carlos se asoma y lo contempla. Se da cuenta de que algo anda mal.

—Volvamos —dice. Hay algunas protestas, pero finalmente emprenden el regreso.

En el departamento Tito se calma. Toma agua de la heladera y deja una marca negra alrededor de la botella.

—Salgan —pide apoyándose sobre la mesada de la cocina. Sus amigos se retiran hacia otras habitaciones.

El calefón está apagado. Tito prende un fósforo. La mano torpe llena de brea no le permite maniobrar y acercarlo al mechero. El fósforo se le pega entre los dedos; la llama empieza a avanzar y enciende la brea que tiene en la palma. Tito trata de apagarla con la otra mano, pero sólo logra encenderla también. Sus dos manos parecen antorchas. Empieza a gritar y acuden Carlos, Marta y Javier. Severo yace borracho en la sala. Carlos encuentra una cacerola, la llena con agua e intenta apagarle las manos. Marta lo salpica desde la canilla. Javier se quita la camisa y le envuelve las manos para sofocar el fuego, pero se enciende la tela y las pavesas que caen llevan el fuego al resto del cuerpo, que se prende en distintas partes.

El narrador, el hombre desgarbado con manchones de barba, se llama Carlos Sotomayor. Al final de la cena, reclama los dos pesos. Se los doy. Más tarde lo veo entrar en un casino.

Por la mañana, a las diez en punto, justo cuando termino el desayuno, llega un hombrecito como de un metro cincuenta, con ojos nerviosos, vestido con un traje gris oscuro sin que puedan precisarse los límites entre la tela y su piel.

La historia de este hombre es una promesa que se ha hecho. Antes de morir debe matar una persona. Lo que relata entonces no es una historia. Es un menú. Una larga lista de posibles víctimas a las que elige a través de rencores, frustraciones y envidias que tejen su pasado. Entre estas víctimas hay, claro, una jerarquía.

Primero habla de un patrón: es un hombre fibroso, menudo pero bestial. Mientras él corta caña en la finca, se acerca a caballo por detrás y le pega con el rebenque. Desmonta y le sigue pegando hasta dejarlo desmayado. Después lo da vuelta con el pie colocándolo boca arriba y tras observarlo detenidamente dice: "Puta, no es éste" y se va. Lo abandona allí para que lo coman los mosquitos. Sus compañeros lo rescatan y lo curan. Ha elaborado un cuidadoso plan para llegar al patrón y romperle la cabeza con un pico mientras duerme. Quizá deba contratar a alguien para que lo ayude, tiene algunos ahorros guardados.

En seguida habla de un compañero de la escuela primaria que le pegaba: es un niño mayor que él, muy oscuro de piel y corpulento. Lo espera todos los días a la salida de la escuela. Siempre detrás de un árbol distinto. Nunca sabe cuándo le saldrá al paso; hace el camino con temor. El niño salta sobre él y le pega sin cesar hasta que lo ve llorando. Luego desaparece entre la maleza. Sabe que ahora está tullido en una silla de ruedas en el Hogar Santa Verónica, por lo que supone que será sencillo asesinarlo.

Sigue una mujer: es la hija de una pareja en cuya casa él trabajaba como jardinero. Lo hacía pasar a su habitación cuando sus padres no estaban. Lo desnudaba, a veces jugaba con su pene. Un día les cuenta a sus padres que él quiso violarla. Pasa cinco años en la cárcel. Conoce su dirección, está casada con un médico y tiene tres hijos. Cuando todos hayan salido y ella esté sola en su casa, la atará y la obligará a comer su propia mierda. Luego va a ahogarla en el inodoro.

Su padre: embarazó a su madre y la abandonó. Su madre nunca ha querido revelar su identidad, pero después de muchas averiguaciones, ha sabido que es un inspector de colectivos que trabaja en la línea 14.

Piensa asesinarlo una noche solitaria, cuando ambos estén en la misma parada. Va a clavarle un cuchillo en la espalda y lo abrirá en dos.

Su padrastro: conoció a su madre en un carnaval, se metió a empujones en su casa y se instaló para siempre. Cuando se emborrachaba, le pegaba palizas que lo llevaron varias veces al hospital. Él sabe que el hombre tiene otra familia y varias mujeres, pero no le dice nada a su madre. Quizá ella también lo sepa. Este hombre hace que le laven la ropa y le den de comer constantemente. Antes de matarlo, se deslizará hasta su ropero y le pondrá ortigas en el calzoncillo. Se sentará a esperar en la cocina, calentando una olla de agua. Cuando escuche los primeros gritos de dolor, irá hasta la habitación y le arrojará el agua hirviendo en la entrepierna. No sabe si finalmente va a degollarlo o a pegarle con un garrote hasta romperle la cabeza.

Cuando se despide, me dice que la historia no es de él, sino que pertenece a un compañero. Le pago y se va.

Decido salir un rato y dejo dicho en conserjería que si alguien pregunta por mí le pidan que me espere.

Me meto en un bar lleno de gente que parece importante. Políticos, dueños de fincas, mujeres con dinero y sin obligaciones.

Cuando me siento, hago un ruido involuntario arrastrando la silla y algunos se dan vuelta. Creo que esperan cualquier oportunidad para observarme por un motivo justificado. Abro el diario en los clasificados. Un aviso relampaguea en el extremo inferior derecho, un departamento amoblado, especial para gente que debe permanecer breve tiempo en la ciudad. Decido alquilarlo. Llamo y hago una cita después de mediodía.

Al volver al hotel, encuentro a Nájar. Espera sentado en un sillón, leyendo el diario, o fingiendo que lee. En cuanto me ve se pone de pie de un salto y viene a saludarme con su amabilidad exagerada.

—Pasaba por aquí.

—¿Cómo supo que estaba en este hotel?

Sonríe, eludiendo hábilmente mi suspicacia.

—Este es un lugar chico.

—¿Quiere tomar un café?

Vamos de vuelta al bar de los políticos. Saca una carpeta.

—Aquí están todos los datos que pude juntarle sobre la chica muerta.

Siento una bocanada con olor a vino. Me pregunto si habrá estado bebiendo desde temprano o si es tan alcohólico que aunque no beba conserva el aliento a toda hora.

Empiezo a hojear la carpeta.

—¿Fue usted el que sacó el aviso en el diario?

—¿Qué aviso? —pregunto sin levantar la vista de las hojas.

—Es una idea original: pagar por historias.

—Ese aviso. Sí, fui yo.

Le explico que es mi método de trabajo. Que me gusta conocer el contexto de cada caso. Todos los crímenes se extienden y abarcan lugares que los exceden. Cada crimen es único y se da en circunstancias también únicas.

—Un estilo de investigación interesante —acota.

Hallo en la carpeta algunas fotos.

—Hábleme de Jimena.

—¿Qué quiere que le diga?

—¿Buena estudiante?

—Excelente.

—¿Novio?

Mueve el labio inferior hacia adelante.

—No se le conocía.

—¿Tenía algo con el profesor?

—¿Con Rodas? No sé. Él habría querido tener algo con ella.

Me detengo en una fotografía: Jimena chica con su familia en el campo. Más lejos, un hombre mayor que mira, vestido de gaucho.

—¿Quién es ése?

—No veo bien.

—El gaucho.

—No estoy seguro.

No insisto.

—¿Cómo es Rodas?

—Se enamoró. Y sucedió una desgracia.

—¿Era amigo suyo?

—A mí también me sucedió una desgracia una vez.

No entiendo adónde quiere ir, pero le sigo la corriente.

—¿Qué le pasó?

—Maté una persona. Yo era joven. Estaba cazando en el monte.

Lo miro. Por primera vez me parece sincero. Percibe un cambio en mi actitud y los ojos se le humedecen. ¿Cuándo se debilitó? ¿Qué palabras de todas las que dijimos lo han vulnerado?

—Un accidente, todo se resolvió a mi favor. Pero fue bravo.

Ignoro por qué me cuenta estas cosas. Quizá porque sabe que pronto me iré de allí y piensa que la intimidad con un desconocido no puede dañarlo, o mejor: puede absolverlo. Quizá porque necesita escupir algo de la basura que guarda en su corazón. El origen de toda esa basura que todos almacenamos, pacientemente, como hormigas, todos los días de nuestras vidas. Como sea, cambia de rumbo en seguida. Se seca disimuladamente los ojos y fuerza una sonrisa:

—Como ve, yo también puedo contarle historias, si le interesa.

Sostengo su mirada.

—Me interesa.

—Vea el material tranquilo —dice señalando la carpeta. Me da la mano y se va.

Vuelvo al restaurant donde cené la noche anterior con Carlos Sotomayor. Me atiende el mismo mozo, un hombre de baja estatura, casi un enano, con orejas grandes y mirada seria.

—¿Y su compañero? —me pregunta. Presiento que está usando una clase de ironía. Una ironía latente, acechante, lista para manifestarse o aguardar otro momento más apropiado, según lo que yo responda.

—No lo conozco —digo—. Fue un compañero casual.

—Es un hombre arruinado. Le doy un consejo, doctor: no le preste plata.

—No soy doctor.

Me contempla asombrado, como si no entendiera lo que le digo, como si estuviera hablando en otro idioma.

—Es un jugador. Juega el dinero que consigue.

Le pido la carta para elegir la comida. Me la alcanza moviendo la cabeza con indignación.

—Pierde todo. No puede parar.

Leo los platos del día y elijo uno.

—¿Y a usted qué le importa? —le pregunto.

—Me atañe —protesta—. Es mi yerno.

Me trae una comida, un guiso, como una sinfonía tosca de sabores verdes, agudos y grumosos.

Llego a una casa blanca, recién pintada. Toco el timbre. Me atiende un anciano enorme de ojos claros y me pregunta qué quiero. Le explico que estoy allí por el departamento que se alquila. Va a buscar a alguien. Viene una muchacha de rasgos indios, alta y delgada.

—Soy Cecilia —me dice.

—Evaristo Soler.

—Pase, por favor.

Me lleva a una sala con piso y paredes de mayólica italiana y me ofrece asiento.

—El dueño es don Luis, el señor que lo atendió primero, pero me ha pedido que yo me encargue de todo porque él ya no escucha bien.

Le digo que no hay problema. Me pregunto qué relación tendrá la muchacha con el anciano. No parecen de la misma familia.

—¿Desea ver el departamento? Es aquí al lado.

Me levanto y salimos a la calle, caminamos unos pasos y Cecilia se detiene frente a la puerta contigua.

—Tiene entrada independiente.

Abre, hay una escalera también de mayólicas que conduce a un primer piso. Subimos y llegamos a una habitación grande y limpia, con un hogar sobre una de las paredes. De allí pasamos a los tres dormitorios, a la cocina y el baño. Los muebles son antiguos, las camas y las mesas de madera gruesa.

Cecilia muestra placares y armarios, me informa que las cuentas de la luz y el agua son compartidas con la casa de abajo donde vive ella con don Luis.

—El único problema es el calefón; tarda en calentar.

Nos miramos, sin querer. Me da la sensación de que más tiempo del necesario. Ella baja la vista.

—¿Qué le parece?

—El precio está bien, pero es más grande de lo que pensaba.

—Ah —dice—, las casas por aquí son todas amplias. Es difícil que encuentre algo más chico. Yo puedo venir dos veces por semana y ayudarlo con la limpieza.

Miro el ambiente durante unos segundos. Parece una amapola abierta.

—Acepto, entonces —le digo—. No tanto por la limpieza, sino por verla a usted dos veces a la semana.

Sonríe con dureza, por compromiso, como si fuera una salida previsible acorde a un forastero impertinente. Pero quizá juzgando que ha tenido una reacción exagerada, en seguida disimula:

—Va a verme más de dos veces por semana. Vamos a ser vecinos.

—¿Cuándo podría mudarme?

—Cuando quiera.

Le pago el mes por adelantado.

Me siento observado. La gente por la calle no me mira directamente, pero sé que están pendientes de mí, adónde voy, qué hago. Quieren mostrarme que no les intereso, que les soy indiferente, que no piense que tengo importancia para ellos. Sin embargo, todos saben para qué estoy aquí.

Por el medio de la ciudad corre un río no muy caudaloso, de corriente tranquila. Camino remontándolo. Las casas se van haciendo más pobres a medida que avanzo, hasta que de pronto me encuentro en el campo. Escucho a los pájaros y unos gritos de mujeres que por momentos se mezclan.

Las mujeres están bañándose a unos cincuenta metros de mí. No me han visto aún. Han formado un dique con piedras y se salpican y ríen. Me aproximo. Son jóvenes. Especialmente una de ellas, de espaldas derechas. Tiene la piel oscura y las gotas le resbalan como si fuera metal candente. Ninguna está desnuda, llevan unas remeras largas que se les pegan al cuerpo.

Finalmente me descubren; tras un instante de sorpresa en el que no saben qué hacer, la más joven lanza una carcajada y todas chillan y escapan chapoteando en el agua. Cuando desaparecen de mi vista aún puedo escuchar el eco de sus voces y de los pájaros. Siento un breve mareo.

Debo volver, tengo una cita en menos de una hora.

Pido ver a Rodas en la cárcel pero hay problemas. Me hacen hablar primero con el director. Es un hombre pequeño, extremadamente atildado, con una sonrisa ambigua, entre amable y burlona. Se expresa con voz suave y delicada. Me dice que pinta, como si viniera al caso, y me informa que de ninguna manera quiere interferir en mi trabajo, pero que deseaba conocerme.

Le agradezco su amabilidad. Aprovecho para preguntarle qué piensa del crimen.

—Es raro —reflexiona—. Bueno, no es típico. En general, aquí los asesinatos son más simples. Borrachos, peleas, pasiones. Es muy difícil encontrar un asesinato planeado tan fríamente como éste. El hombre la llevó con intención de matarla y dejarle la marca de esa letra, la inicial de su nombre. La *Rho* —explica ceremoniosamente— es la letra *erre* en griego y su apellido, Rodas, empieza con *erre*. Si no lo hubiésemos atrapado, quizá podríamos haber estado frente a un asesino serial. Sospechamos que ya tenía preparada la marca para continuar.

Se inclina sobre el escritorio y su cuerpo adopta una posición desafiante, casi desfachatada. Es evidente que no cree una sola palabra de lo que me está diciendo.

—¿Usted supone que pensaba marcar a más víctimas con la *Rho*?

—Es posible.

—¿Encontraron el hierro de marcar?

—No todavía.

—Tengo entendido que la teoría de la *Rho* es de un agente de la policía.

—Sí, él descubrió todo. Un hombre brillante. De gran futuro. El agente Juan Ángel Tolaba. Era alumno de Rodas. Relacionó la letra con que había visto a la señorita Sánchez y a Rodas varias veces juntos. Cuando fuimos a interrogarlo, el profe confesó todo.

—¿Podría entrevistar a Juan Ángel Tolaba?

—Creo que el agente Tolaba está fuera de la provincia.

Juraría que, ahora sí, una decidida mueca de burla aparece en su rostro.

—Haciendo un curso —añade.

—¿Adónde?

—Puedo averiguarlo.

No hablo por unos segundos. El director tampoco. Saco el paquete de cigarrillos y le pregunto si le molesta que fume. Dice que no, pero me doy cuenta de que le parece una falta de respeto. Un humo violeta y terso comienza a reptar en el aire como una espiral alrededor de nosotros.

—¿Dónde encontraron el cadáver de Jimena?

—En un descampado, fuera de la ciudad. Frente a la Colón, la calle de las chicas.

—¿Las chicas?

—Claro, usted no es de acá —comenta como si fuera poseedor de un conocimiento especial, privilegiado, que comparte sólo con los miembros de su comunidad. Las chicas de la calle Colón. Prostitutas.

Hay algo en la palabra "prostituta" que define a quien la usa. Es como un término técnico para poner distancia. Una censura, un menosprecio.

Hace una llamada, habla en voz tan baja que no le entiendo. Luego anuncia:

—Ya está todo listo para que se entreviste con el recluso.

Entra un agente y me conduce hasta un salón. En el medio hay un escritorio, dos sillas y un hombre sentado en una de ellas. El guardia se detiene y deja que camine solo hasta él. Ocupo la silla libre. Me cuesta reconocer a la persona de la fotografía del diario. Está mucho más delgado, los ojos hundidos, la piel como una berenjena deshidratada.

Me presento, ya sabe quién soy.

—¿Es griego? —pregunto.

—Mis padres —explica.

—¿Por qué está tan flaco?

—Empecé una huelga de hambre.

—¿Es inocente?

—Culpable.

Hay mucha determinación en su mirada y sus mandíbulas cerradas.

—Pero ahora que me atraparon —agrega—, no pienso vivir encerrado mucho tiempo.

—Me dijeron que confesó todo muy fácilmente.

—Me asusté al ver a la policía en mi casa.

Le ofrezco un cigarrillo.

—No fumo. Me da dolor de cabeza.

—¿Tiene hijos, Constantino?

—Seis.

—Esposa.

—Una sola. Más no está permitido.

Sonrío. Él también.

Es un chiste raro el que ha hecho. Extremadamente cínico o ingenuo.

—¿Cómo conoció a Jimena?

—Era alumna mía en el profesorado.

—¿Buena alumna?

—No.

—¿Cómo la mató?

—Lo he contado cien veces. La acuchillé y le dejé mi firma sobre la piel. Luego la llevé al campo en mi auto.

—¿Por qué?

—Porque éramos amantes y me iba a abandonar.

Dice las cosas como si las repitiera de memoria.

—¿Hace esto con todas sus amantes?

Me lanza una mirada furiosa.

—Esta fue la primera y única persona que maté.

Por la tarde, cuando llego a casa, encuentro a Cecilia limpiando mi dormitorio.

—Ya está aquí. Pensé que podría terminar antes de que volviera.

—No importa. Espero en la sala.

Me siento en un sillón con un libro que manoteo al azar de mi portafolio. No voy a leer nada. Sólo quiero observarla mientras limpia. Desde donde estoy puedo verla ir y venir. Tiene una falda corta y de vez en cuando se inclina hacia adelante para acomodar las sábanas de la cama; sus piernas color cobre resplandecen en la escasa luz del cuarto, como relámpagos en una tormenta lejana.

—¿Está escribiendo una nota para algún diario? —me pregunta alzando la voz. Ya no la veo, la oculta la puerta.

—Trabajo sobre el tema de Jimena, la chica asesinada.

Sale de mi dormitorio. Sus ojos se han hinchado y está llorando.

—Jimena era mi amiga.

La miro sorprendido.

—¿Te interrogó la policía?

Se sienta frente a mí en una silla.

—Vienen casi todos los días. Para lo que sirven. Quieren saber cuándo fue la última vez que nos vimos, si ella estaba sola o acompañada. No hacen nada.

—Tienen a Rodas.

En este momento, con la luz que entra por la ventana y las lágrimas detenidas en sus pestañas, parece una corzuela.

—Rodas no la mató.

Busco el paquete de cigarrillos en mi saco.

—¿No?

—Rodas es un buen hombre.

—¿Por qué me da la sensación de que en esta ciudad todos quieren ocultar algo sobre el asesinato?

—Es una ciudad difícil. Si no fuera por don Luis, hace rato me habría mandado a mudar.

He imaginado muchas posibles historias entre Cecilia y don Luis.

Le pregunto por Jimena. Dice que era una chica como cualquiera; últimamente no se veían muy seguido, porque ella estaba muy dedicada a sus estudios, pero a veces iban a bailar juntas a La Esfinge.

Me acuesto temprano. Tengo ganas de coger, pero estoy demasiado cansado como para buscar compañía. Decido quedarme y por esa noche me masturbo pensando en la chica que vi en el río. No me va muy bien: me parece demasiado hermosa, demasiado fina. Sólo las tetas firmes y puntiagudas bajo la remera sin corpiño pueden darme una erección aceptable. Me concentro en ellas. La eyaculación me alarma. Despide un olor a fruta o carne en descomposición. Me pregunto si habré contraído una enfermedad.

Boca arriba, considero lo que tengo hasta ahora. Esta es una etapa de expansión. Todas las historias la tienen, como cuando explotó el universo y se dividió en miles de cuerpos arrojados al espacio que buscaban su nuevo lugar. Así van también los personajes recién nacidos hasta que encuentran una mano que los fije, los precise, los calibre. La misma mano que se deshace de aquellos que no prosperan, de los que son sólo sombras de los otros, débiles, inútiles. Que por ser inútiles, entorpecen el funcionamiento de todo.

Es un barrio humilde, de casas bajas, la mayoría de bloque sin revocar. Confirmo el número y golpeo a la puerta.

Me atiende una mujer de unos cincuenta años.

—¿La señora Sánchez?

Nos damos la mano y me hace pasar.

—Siéntese, ya viene mi marido.

Desparece detrás de una cortina que da al patio. Veo unas escaleras y escucho martillazos. Sé que el padre de Jimena es carpintero.

La sala está en penumbra. Las ventanas son pequeñas, acaso por el sol implacable de esta región. Veo unos cuadros con fotos de antiguos parientes, coloreadas a pincel. También está el retrato de Jimena con su vestido de primera comunión y la misma fotografía de la carpeta que me alcanzó Nájar, donde se la ve de niña en el campo con su familia, mientras un hombre mayor vestido de gaucho la contempla desde lejos.

Se abre la cortina y entran el señor y la señora Sánchez.

Me pongo de pie. No sé qué decir. Estoy frente a dos personas que afrontan a cada minuto una situación irreversible. Su hija está muerta. Cada latido del corazón les repite lo mismo: que su hija se ha ido para siempre.

Nos sentamos.

—Estaba mirando las fotografías —balbuceo.

—Tenemos más —dice la mujer—. ¿Quiere verlas?

—Quizá más tarde. ¿Dónde fue tomada ésa?

—En la finca de los Palma —informa el hombre—. En aquellos tiempos trabajábamos allá.

—¿Y el gaucho?

El señor Sánchez se levanta y se acerca.

—Es uno de los patrones. El doctor Estanislao.

La señora Sánchez se acerca también y mira.

—Es tan parecido a su padre, don Ismael.

Vuelven a sus asientos.

—¿Está escribiendo sobre Jime? —me pregunta la mujer.

—¿Puedo hacerles unas preguntas?

Pronuncian un casi inaudible "sí" y bajan la cabeza, como si ofrecieran el cuello.

—¿Qué creen que pasó?

—No sabemos —dice el padre—. La policía asegura que fue el profesor Rodas.

La madre se lamenta de que a Jimena la atrajeran los profesores, primero Nájar y después Rodas.

—¿Jimena salió con Nájar?

Se produce un silencio extenso. Tan extenso que creo que ya nadie va a decir una palabra más en toda la tarde.

—Él la llamaba —musita la madre finalmente.

El padre le advierte con un gesto para que calle.

—Ya nos mataron a nuestra hija —dice ella—. ¿Qué más pueden hacernos?

—¿Quiénes? —pregunto.

—Nadie —responde la madre. Se yergue en una posición dolorosa, estoica. No habla más y sale al patio. Escucho cómo llena un recipiente de agua. En seguida veo su silueta regando las plantas de las macetas.

Sánchez y yo seguimos sin hablar, sin siquiera mirarnos.

—Me voy —digo.

Nadie me detiene.

En esta casa es todo tan ocre, tan ácido, como un desierto.

El hombre me espera en la puerta de la casa. Se ha colocado bajo un naranjo famélico para resguardarse del sol.

—¿Usted es el señor de las historias?

Al principio me parece que frunce la cara por el exceso de luz. Cuando se acerca me doy cuenta de que una enorme cicatriz le arruga la piel.

—Vine por el aviso que publicó —dice y me muestra la página de clasificados del diario que tiene en la mano.

—Soy yo.

El hombre parpadea y endurece la boca, como si le costara articular.

—Yo tengo una historia.

Lo hago pasar. Subimos las escaleras y entramos a la sala.

—Siéntese, por favor.

Abro las persianas y voy a la cocina.

—¿Quiere tomar algo?

—Un poco de agua, gracias. Hace calor.

Regreso a la sala con un vaso y una botella.

—¿Cómo se llama?

—Dardo. Dardo Guantay.

—Llegó temprano. El aviso decía a las cuatro de la tarde.

El hombre sonríe y abre mucho los ojos. El sudor le da a su piel oscura una consistencia de cartón.

—Tenía miedo de que después viniera demasiada gente y a las cinco me tengo que ir. Trabajo.

—Guantay, el tema es así: usted me cuenta una, dos, tres historias. Por cada una yo le pago dos pesos. Si alguna me interesa y decido utilizarla, le pago diez más. ¿Está de acuerdo?

Guantay asiente.

—¿Para qué utiliza las historias?

—Soy escritor. Periodista.

Saco el grabador del cajón del escritorio.

—Cuando esté listo.

—¿Va a grabarme?

—¿Tiene problema?

Lo veo dudar.

Me siento en el sillón que está frente a él.

—Estoy listo.

Pongo el grabador sobre la mesita que nos separa y lo enciendo.

Ismael Palma ordena a la muchacha que se desnude. Ella se queda inmóvil por un instante y luego obedece.

—Ponete en el catre, en cuatro patas —le dice sin mirarla—. Quiero olerte.

La muchacha camina hasta la cama, su cuerpo tiembla apenas. Se trepa y adopta la posición que le han pedido.

Palma se levanta del sillón y se acerca a ella. Va directamente hacia la vagina y la huele de golpe. Una olfateada profunda y al mismo tiempo rápida, como el pellizco de un gigante, como el ataque de un tiburón, y vuelve a sentarse en su silla.

—Olés a perra en celo. ¿Con quién has estado cogiendo?

—Con nadie, señor.

—Señor Palma, para vos.

La muchacha percibe que su cuerpo no ha perdido todo su poder, siente que todavía puede manejar la situación. Con una sonrisa suave responde lentamente:

—Sí, señor Palma.

Palma permanece inconmovible. A veces la mira de costado, pero la mayor parte del tiempo observa por la ventana que tiene en frente.

—Quedate así. No te muevas.

La joven va poniéndose inquieta, ese hombre es de piedra. Ella sabe que las tetas que ahora cuelgan compactas como ubres llenas vuelven locos a los hombres y que sus caderas tienen una proporción justa con su cintura. Sin embargo, ignora cómo vulnerar a Palma, no descubre puntos débiles por donde entrar en él y debilitarlo para sacar alguna ventaja.

—Ahora movete —dice él—. Quiero ver cómo sos de puta.

—¿Quién es Ismael Palma? —pregunto.

—Un finquero de por acá —contesta Guantay y se pone de pie.

No quiero que se vaya, pero el hombre insiste en que debe trabajar.

A la mañana siguiente, voy a desayunar al bar de los políticos, es el único que sirve un café aceptable y medialunas frescas. El mozo me saluda, como si fuera un viejo cliente, y me trae el diario local. En la primera página aparece el gobernador en campaña para su reelección, alzando un chiquito en medio de una marea de gente que trata de abrazarlo.

—Después va a bañarse desesperado —comenta el mozo.

Lo miro, no sabía que permanecía a mi lado.

—Mi prima trabaja en su casa. Dice que el hombre llega gritando a la noche "¡Esos negros roñosos! ¡Qué me tienen que tocar!".

¿Me cuenta esto porque soy de afuera? ¿Busca mi complicidad? ¿Que lo ayude? Me da la sensación de que más de una vez le habrá alcanzado café al gobernador con una sonrisa servil en los labios. Quizá también lo haya votado. Y vuelva a hacerlo.

Abro el diario y busco la página de espectáculos. Una noticia me llama la atención: esta noche le dan un premio a Bartolomé Nájar. Lo nombran "Personalidad notable de la ciudad" por su "incansable labor docente". La ceremonia es en el Teatro Municipal a las 21 horas y están invitadas a concurrir todas las personas vinculadas al arte y a la educación. Hay una foto de él, peinado con gomina, con la cabeza de huevo hacia adelante, como un lagarto, forzando una sonrisa humilde.

Le pregunto al mozo dónde queda el Teatro Municipal.

De regreso a casa, encuentro a Cecilia en la vereda. La invito a tomar algo. Me explica que tiene mucho que hacer, que tal vez más tarde.

Hago otro intento.

—Esta noche voy al teatro. Le dan un premio a alguien que conocí. Podríamos ir juntos y después cenar.

—¿A quién premian? —pregunta.

—A un profesor, Bartolomé Nájar.

Su expresión se transforma. Se agrieta.

—Fue mi profesor en la secundaria. Gracias, pero no iría a ningún lugar donde premien a Nájar.

Fue una mala jugada. Ahora debe de pensar que Nájar y yo somos amigos. Querría preguntarle por qué lo odia, pero no me parece oportuno en este momento.

El frente del Teatro Municipal está iluminado con unos faroles coloniales cuya luz estría la oscuridad de la calle. Mariposas nocturnas van y vienen tejiendo un aire denso y perfumado por los floripondios de los jardines vecinos.

Un hall lleno de gente. Hombres que he visto en el bar de los políticos, ahora con sus esposas, conversan y miran hacia todos lados para saludar a los conocidos que pasan. Nájar está en un grupo grande que parece su familia. Una mujer joven con un vestido negro brillante podría ser su esposa, pero también su hija. Dos adolescentes con expresión desconcertada, y unos hombres con traje y mujeres mayores muy maquilladas. Nájar me distingue y saluda. Viene hacia mí.

—Qué gran alegría, qué honor que haya venido —me tiende la mano sudorosa.

Me pregunta si estoy con alguien, si no me gustaría acompañar a sus parientes. Le digo que no se moleste.

—Pero al menos me aceptará un palco.

Llama con una seña a un hombre de traje que está parado cerca de la puerta principal. Es el encargado del teatro.

—Gonzalito —le dice—, un palco para el señor.

Me siento incómodo.

—No es necesario —digo.

—Por favor —insiste Nájar.

Mientras preparan el palco, acerca mucho su cara a la mía. Tiene un tic. Parpadea constantemente, con un ritmo similar al de las víboras cuando sacan la lengua. Asegura que no se merece un premio como el que van a otorgarle, pero que ha decidido aceptarlo en nombre de todos los educadores de esa castigada provincia que hacen posible que la sociedad sea un poco menos injusta.

—Supe que alquiló un departamento —comenta de pronto.

Podría decirle simplemente "sí, así es, su información es correcta", pero me contempla expectante, como si le debiera una explicación.

Le digo que el trabajo se extendía y que el alquiler era una alternativa más cómoda y más barata que el hotel.

Señalo hacia donde está su familia.

—¿Son sus hijos? —pregunto.

Él vuelve la vista hacia los dos adolescentes. Asiente.

—Un chango y una chancleta.

Lo dice con cierto tono presuntuoso. Para ostentar, para demostrarme. Como si en ese vocabulario encontrara un refugio, un fuerte al que no todas las personas pudieran acceder. Son palabras especiales, para uso exclusivo de quienes han nacido aquí.

Afirma que los dos le han salido "churitos", que significa que son buena gente o algo así.

El encargado del teatro me avisa que mi palco está listo. Saludo a Nájar y me dejo conducir por un acomodador.

El taxi me deja en el estacionamiento de La Esfinge, el boliche adonde solía ir Jimena. Previsiblemente es un edificio con la forma de un león. Varios reflectores iluminan el cielo girando como en los bombardeos a las ciudades y cada treinta o cuarenta segundos se fijan todos al mismo tiempo en la cabeza de león gigante con el tocado de paño rayado.

En la entrada, un patovica me revisa y me mira con una curiosidad prepotente. Paso adentro. Luces que aturden, música que ciega, apuro el paso hacia la barra para sostenerme de algo firme y me esfuerzo en distinguir personas dentro de esa multitud de gente que parece una masa burbujeando en el horno. Me siento y un barman me pregunta qué voy a tomar. Digo que todavía no sé, que más tarde voy a pedirle. Cerca de mí, también en la barra, hay tres hombres. Uno de ellos es flaco y fibroso. Los otros dos son corpulentos. Parece que discuten, pero con el volumen de la música no logro confirmarlo. Podrían estar bromeando y riendo, contando chistes, hablando de mujeres. Vuelvo por un segundo la vista a la masa que ondula uniforme y de pronto uno de los hombres a mi lado vuela frente a mis ojos y cae en la pista. Me aparto bruscamente y veo al más menudo de ellos subido a la barra pegándole una patada en la mandíbula al tercero. En seguida, llegan tres patovicas y lo rodean. El pequeño empieza a repartir patadas y puñetazos, pero entre los tres terminan por sofocarlo tirándosele encima. Cuando se aclara el tumulto, dos de ellos le sujetan los brazos y el otro le pega sin piedad. Para colmo los primeros se han recuperado y también quieren intervenir. Agarro dos botellas de cerveza del mostrador y las rompo en las cabezas de quienes lo están sujetando. Los grandotes se desconciertan; aprovecho para agarrar de un brazo al hombre flaco y lo arrastro hacia afuera. Nos alejamos de la puerta todo lo que podemos.

Estoy jadeando.

—¿Te volviste loco? —le pregunto—. ¿No viste el tamaño de esos tipos?

Corre desarmándose hasta el boliche otra vez.

—¡Los voy a matar! —aúlla.

Lo alcanzo y lo traigo de vuelta al estacionamiento.

—¿Tenés auto?

Me señala uno en el extremo de la playa.

Hago que se apoye en mi hombro y comienzo a caminar en esa dirección.

—¡Hijos de puta! —grita, y en seguida me tiende la mano libre:

—Marco Andrade, profesor de filosofía.

—Después nos presentamos —digo, viendo que los patovicas están surgiendo del edificio, furiosos, como de un avispero, y mueven la cabeza buscándonos. Por suerte ingresamos a una zona donde no nos alcanzan las luces y nos escabullimos en la oscuridad hasta llegar al auto. Mi compañero se desmaya, está borracho y golpeado, lo dejo en el piso y reviso sus bolsillos. Saco las llaves y abro la puerta. Lo acomodo en el asiento de atrás y subo al del conductor. Arranco sin encender los faros. Cuando estoy frente a los patovicas, cerca de la salida, acelero y pongo distancia. Se dan cuenta tarde, nos persiguen unos pasos como dinosaurios, pero salgo a la ruta y los pierdo. Mi compañero sigue desvanecido, lo llamo y no me responde.

Manejo unos minutos y me detengo en un descampado desde donde se ve toda la ciudad. Bajo del auto y enciendo un cigarrillo.

Contemplo las dispersas luces extendidas como una galaxia pobre. Un pantano al atardecer, *Nymphees* de Monet.

Pasan dos horas hasta que Marco Andrade se despierta.

—¿Quién sos? —me pregunta asustado, al verse en su auto—. ¿Tuvimos un accidente?

Lo tranquilizo y le digo mi nombre. Le recuerdo lo que sucedió.

—Estamos en algún sitio sobre la ciudad.

Se asoma y mira. Piensa un rato.

—Es el basurero municipal —confirma después. Me da las gracias. Le digo que no tiene importancia, que lo único que lamento es que no voy a poder volver al boliche nunca más.

—Ese boliche es una mierda.

—Necesitaba averiguar algo.

Me observa detenidamente.

—Ponete de perfil.

Hay una luz que llega desde un farol en la primera calle de la ciudad.

—Vos sos el de la chica Jimena —dice—. Te vi caminando en el centro.

—Va a ser difícil averiguar con discreción lo que necesito, si todos saben quién soy y para qué vine.

Me pide un cigarrillo.

—Se está bien acá —suspira soltando el humo.

Descubro unas irregularidades en el terreno, como crestas, y supongo que son morros de basura.

—Yo también soy de afuera —confiesa—. Vivo aquí desde hace once años y no me acostumbro.

Ríe. Fumamos un rato en silencio. Cada tanto alza el brazo, apunta hacia un lugar en la oscuridad y me explica algo. Allí está tal barrio, allá un puente, la casa de gobierno. No lo atiendo demasiado, pero me gusta que hable. Se complementa bien con la música azul que suena en la radio del auto. Por fin alguien amigable, pienso. Es una buena noche en el basurero municipal.

Pasan los minutos.

—Me voy a casa —dice de pronto—. ¿Querés que te acerque?

Le digo que sí, le doy la dirección.
—La casa del viejo Luis —murmura.
Subimos al auto y arranca.

Quedamos en encontrarnos al día siguiente para tomar un café. Anoto el número de su celular, me deja en la esquina y se va. Miro el auto mientras se aleja, los pequeños focos rojos de atrás. Comienzo a caminar hacia la puerta de mi departamento y cuatro hombres se me acercan. Están demasiado próximos, casi pegados a mí.

Uno de ellos me hace sentir la punta de un cuchillo o una navaja en la cintura.

—Ni se te ocurra gritar.

Entre todos me sujetan y me llevan a una parte más oscura, donde hay un edificio abandonado. Deben de ser las cinco de la mañana. No hay nadie cerca.

—¿Qué te pasa a vos? —me pregunta uno y me hunde un puñetazo en el estómago, luego me pega en la cara. Por la fuerza de los golpes me doy cuenta de que no busca asustarme. Golpes marrones, casi negros, con aroma a jengibre. Quiere lastimarme. Podría defenderme, pero no tiene sentido, no lograría enfrentar a todos y sólo aumentaría su rabia. El hombre sigue pegándome hasta que caigo al suelo, mientras los otros observan y vigilan la calle.

—Putos de mierda, cuándo van a aprender a no meterse en lo que no les importa.

Remarca cada palabra con un puntapié en mi abdomen.

Una ciudad donde los habitantes saben todo de los demás. ¿No es como una misma persona? Una misma persona con muchas cabezas. Cuando reaccionan frente a algo, actúan como un solo cuerpo. Se protegen, ocultan cosas, son los glóbulos blancos de un organismo, atacan y expulsan a los extraños.

Lo último que siento es que me levantan y me arrojan a la caja de una camioneta.

Despierto en un descampado, con la certeza de estar muerto. Debe de ser media mañana. Me llevo la mano a la cara y toco una costra que se deshace en polvo. "Sangre seca", pienso, "arena entre las raíces de una planta en el desierto". Veo a doscientos metros unas casas. Me mareo.

Despierto por segunda vez. Ahora en una habitación. Alguien me ha traído hasta aquí, estoy en un catre con frazadas de muchos colores y sonidos. Hay una mujer gorda más allá.

—Señora —llamo.

La mujer está en una cocina enorme atendiendo ollas y sartenes sobre el fuego de las hornallas. Demasiados perfumes nuevos me ahogan.

—Señora.

No me escucha.

Un hombre viejo aparece detrás de mí y me mira.

—Ah, señor —trato de incorporarme.

—Quédese quieto.

Quien dice esto es la mujer de la cocina.

—Lo encontramos en el campo. Uno de mis nietos.

Viene con un trapo mojado y me lo pone en la frente. Calma bastante los perfumes de albahaca, ajo y cebolla que gritan en mis oídos. Hay otro condimento que no logro identificar y que me aturde.

—Le dieron una paliza. ¿Se emborrachó?

Descubro que ya no puedo hablar. No tengo fuerzas para unir una idea con otra.

Logro despegar mis labios.

—Gracias —susurro.

—¿Quiere que llamemos a la policía?

Niego con la cabeza.

—Por favor... —digo pero no sé ni qué quiero pedirle.

—Vino a verlo la enfermera del puesto de salud mientras dormía y me dio esto para usted.

Me muestra unas pastillas.

—Ya se va a mejorar.

Me duermo otra vez.

Despierto finalmente al otro día. Me siento más fuerte y me levanto. Camino unos pasos y les pregunto a unos niños que juegan en el patio dónde está el baño.

Me señalan un cuarto precario a unos metros.

Es una letrina. Me cuesta encontrar mi pene entre la ropa desarreglada y por unos segundos me asalta la aterradora idea de que me lo han cortado. Al fin lo toco aliviado y lo saco. Estoy orinando por lo menos durante diez minutos, un líquido de metal, oscuro y hediondo.

Vuelvo a la casa.

Paso toda la mañana con la mujer gorda. Su nombre es Paulina y tiene un comedor para la gente del barrio. Estamos lejos de la ciudad, a unos catorce quilómetros. El lugar se llama San Pablo.

Descubro que no me robaron el dinero que tenía en el bolsillo y ofrezco pagarle.

Dice que no hace falta.

Le pregunto si me puedo dar un baño.

—Ahí está la manguera —indica con la cabeza.

Voy atrás de la casa. No hay nadie cerca. Los nietos de Paulina han ido a la escuela, las hijas trabajan. Me desnudo y dejo caer el agua de la manguera sobre mi cabeza. Mientras me lavo, me veo frágil, dentro de un cuerpo enclenque que puede dañarse irreparablemente con cualquier mínimo golpe. Mantiene su integridad exterior, pero muere por dentro.

Cuando termino estoy por vestirme y escucho la voz de Paulina:

—Ahí le dejé ropa limpia.

Hay una camisa azul y un pantalón marrón colgando de un alambre. Me da frío cómo tiemblan con el viento.

—Eran de mi marido. Ya no los usa.

Pregunto por qué, si es que ya no le quedan bien.

—Más o menos. Está finado —ríe.

Consigo un teléfono público en un almacén cercano y llamo al celular de Marco Andrade. Le cuento lo que me pasó y me indica que lo espere allí.

A la media hora está frente a la casa de Paulina.

Marco la saluda.

—¿Cómo le va, don Andrade? —responde ella.

—¿Qué está preparando para el mediodía?

—Puchero.

Los miro atónito.

—¿Se conocen?

—Vengo siempre a comer acá —dice Marco—. Doña Paulina es un clásico.

Tengo una náusea.

—¿Estás bien? —me pregunta Marco.

No estoy bien. No sé dónde estoy parado.

—Mejor te llevo a un médico.

Me despido de Paulina, vuelvo a agradecerle y entro en el auto.

Veo a través de la ventanilla que ella y Marco siguen conversando. Ríen, hacen bromas.

Por fin Marco sube al auto también.

—Cuando vi que no llegabas al bar supuse que te había pasado algo. ¿Pudiste verlos?

—No, sé que eran cuatro.

Salimos a la ruta y Marco acelera.

—¿Te llevo al hospital?

—No —digo y apoyo mi cabeza contra el vidrio—. Vamos al departamento.

—Vas a tener que cuidarte. Esta gente es difícil. Odia a los extranjeros. Debe de ser el trópico, que los trastorna.

Pasamos por barrios miserables. Niños flacos, desnudos, mujeres embarazadas como paltas nos miran desde casillas de una sola habitación donde viven familias enteras.

Marco tiene razón: los que venimos de afuera asistimos a una historia larga de sometimiento. Somos testigos de algo terrible que sucede entre estas personas. Nos detestan víctimas y victimarios. No somos bienvenidos.

—Este barrio se llama Santa Victoria —comenta Marco.

Cierro los ojos, estoy cansado todavía.

—Todos los nombres de los lugares son santos —murmuro—. San Pedro, Santa María, Santa Victoria, San Pablo.

Marco ríe.

—Para contener la mugre que quiere salirse por todas partes.

Entramos a la ciudad como si nos introdujéramos en el óleo de un pintor paisajista, dos minutos después estacionamos junto a mi departamento.

Busco en mis bolsillos y me doy cuenta de que perdí la llave.

—Te sacudieron como a lona vieja —bromea Marco.

Golpeo la puerta de don Luis. Me atiende Cecilia.

—Por Dios —exclama al verme—. ¿Qué le pasó?

—Choqué.

Me mira con desconfianza.

Le pregunto si no tiene otro juego de llaves de mi departamento. Me dice que sí y va a buscarlo.

Cuando vuelve trae también aspirinas y alcohol.

—Gracias —le digo y tenemos otra de esas miradas largas que ya se están haciendo costumbre entre los dos.

Me despido y Marco y yo vamos a mi departamento.

Marco me empuja suavemente.

—Ah, te gusta la niñita.

—No —digo.

—Mentira, además está riquísima.

—Vive con el viejo.

Marco se queda pensativo.

—Sí, es raro.

Golpean a la puerta.

Es Cecilia, trae unos bollos envueltos en un repasador.

—Por si quieren comer mientras toman unos mates —ofrece—. Los hicimos en el horno del patio.

Le agradezco y se va. Tardo un poco en cerrar la puerta para contemplar cómo se aleja, escaleras abajo. Vuelvo con Marco que tiene en el rostro una sonrisa estúpida.

—Parece que Cecilia tiene interés en el forastero también.

—¿Cuál es la historia entre ella y el viejo Luis?

Marco se despereza.

—Quién sabe.

Ismael Palma se hamaca en la silla. Tiene las manos detrás de la cabeza como si tomara sol.

La muchacha sigue en cuatro patas sobre el catre, a contraluz.

La habitación se oscurece cada vez más.

Por la puerta entran dos hombres y le avisan al patrón que ya está todo listo.

—Llévenla al galpón —ordena, mientras se pone de pie y sale.

Así desnuda como está, sin cubrirla siquiera con una sábana, los hombres arrastran a la muchacha como si fuera una oveja.

—¿Hoy tiene tiempo? —le pregunto.

Dardo accede a quedarse una hora más.

—Hábleme de Palma.

—¿Qué quiere que le diga? Un hombre poderoso... Tenía la pija enorme, pero blanda, no lograba pararla. Yo prefiero una pija mediana, hasta chica, mire lo que le digo, pero que rinda. Una pija grande que no se para es como un caballo muerto.

—¿Quién le contó eso?

—Mi madre —explica con naturalidad.

Le pido que me lleve a la finca de Palma.

—Es propiedad privada —declara turbado—. No puedo entrar allí.

Viajamos en un Fiat 600 casi destruido que tiene Dardo. Ha accedido a dejarme cerca de los campos de Palma.

La ruta es de asfalto viejo, con muchos pozos. Es un día agobiante; el Fiat se calienta demasiado. Dardo frena y apaga el motor; baja, abre el capot. El agua del radiador hierve. Lo deja enfriar unos minutos y proseguimos. A los pocos quilómetros repite la operación. Así andamos una hora y media.

De pronto, Dardo frena definitivamente y declara:

—Hasta aquí llego yo.

Estamos en medio del monte. Salgo del auto.

—¿Quiere que lo pase a buscar más tarde?

Le digo que no se preocupe, que yo me arreglo por mi cuenta para volver. Nos damos la mano y parto.

Escucho el motor cansado del Fiat que se aleja a mis espaldas, hasta que desaparece.

Cruzo un alambrado; según Dardo, la finca de Palma se encuentra hacia el noroeste a unos cuarenta minutos de caminata.

Veo a dos hombres, uno grande y otro pequeño. Están midiendo los campos con un teodolito. Camino hasta ellos.

Saludo y les pregunto por la finca de Palma. Me dicen que si espero a que terminen, ellos pueden acompañarme porque su campamento queda en la misma dirección. Acepto y me siento en una piedra.

Antes de mediodía empieza a llover. Primero son unos hilitos fríos, pero en seguida las gotas caen con tanta fuerza que hacen agujeros en la tierra.

El que trabaja con el teodolito es un polaco gigante, con papada y cachetes fofos.

—Malo, malo —señala—. Los ríos desbordan y estos terrenos se inundan.

Suspenden las mediciones y empezamos a caminar. Al rato los tres tenemos que avanzar alzando mucho las piernas porque el agua nos tapa las rodillas. La lluvia no nos deja ver bien.

El polaco pega un grito y se desploma en el agua. Lo ayudamos a incorporarse.

—¿Puede levantarse, ingeniero?

El hombrecito me mira. Los pelos le caen sobre la frente y el flagelo de la lluvia lo hace parpadear constantemente. El ingeniero llora como si agonizara en una pesadilla. Su compañero le busca los pies tanteando bajo el agua. La alpargata izquierda está agujereada. Se la quita y lo examina.

—El ingeniero pisó una raya.

El pie tiene un boquete y la carne está estrellada, como si una pequeña bomba le hubiera reventado adentro.

—Es mucho dolor.

Busco con la vista y veo un grueso tronco caído que sobresale como una isla.

—Llevémoslo hasta allá —sugiero.

Lo cargamos. El hombrecito, por los pies; yo, por las axilas, y lo depositamos encima del árbol. Después nos sentamos a ambos extremos del gigante.

—¿Dónde está el campamento?

—Lejos.

Hasta donde se ve, todo es un charco marrón. El hombrecito toca la cabeza del ingeniero.

—Ya tiene fiebre.

Lo cargamos de nuevo y reanudamos la marcha. Al principio, temerosos de pisar nosotros también una raya. Más tarde, exhaustos, recibiríamos el flechazo como un alivio.

Mientras descansamos sobre unas ramas, aparece entre el vapor un mataco y se nos acerca.

—¿Qué le pasa al patrón? —pregunta sonriendo.

—Le pasa que se muere y nosotros no podemos hacer nada —digo casi sin pena por el cansancio.

—Traelo a mi rancho, yo lo voy a curar —ofrece el mataco.

—No —rechaza el amigo del ingeniero—. ¿Sabés dónde queda el campamento?

—Sí.

—Andá y pedí que nos manden una camilla.

—Ah, sos desconfiado, ¿no? —dice el mataco, como si hubiera descubierto una debilidad graciosa en el hombrecito—. Traelo al rancho. Está acá nomás. Yo lo voy a curar.

Nos quedamos en silencio un rato.

—Andá. Deciles que los esperamos acá.

El ingeniero está dormido. Nunca ha vuelto a recuperar la conciencia después de la picadura, pero recién ahora parece entregado a un sueño tranquilo.

—Ya vuelvo —dice el mataco y se aleja con su paso de langosta entre las montañas de resaca que va elaborando la lluvia.

Me estremezco de frío y pongo las manos sobre la cabeza del ingeniero para calentarme.

El mataco regresa con una bolsa a los pocos minutos. Saca un polvo oscuro y se lo muestra al hombrecito.

—Ponele esto en la pierna al patrón y después dale de tomar mezclado con agua. Se va a curar.

—¿Estás loco? ¿Qué es ese polvo?

—Desconfiado, ¿no? —repite el mataco y me mira sonriendo.

—Va a hacerme un favor —me pide el hombrecito—. Se va a quedar acá cuidando al ingeniero hasta que vuelva con ayuda.

Asiento, temblando.

El hombrecito se deja caer dentro del agua.

—Si voy solo, puede que llegue pronto. Con suerte en un par de horas estoy por aquí.

Empieza a caminar hacia un punto y al rato se pierde tras la lluvia.

Señalo con la cabeza la bolsa.

—¿Qué es el polvo?

—Sangre de mujer —responde el mataco—. Secada y molida. Cura todo. ¿Le pongamos al ingeniero?

—Bueno.

Le saco la media y rocía la herida con bastante polvo.

—Así dejala. Que le dé el aire.

Extrae de su morral un vasito de yogur, cuarteado y ennegrecido por el uso. Recoge un poco de agua de lluvia y disuelve otro puñado de polvo.

Levanto con una mano la cabeza del ingeniero y le abro la boca con la otra. El indio le da de beber. El gigante enfermo traga el líquido con desesperación y se atora. Se despierta por unos instantes y vuelve a dormirse de inmediato.

—Tengo siete hijos —dice el mataco—. ¿Querés uno?

—No.

—Tengo uno chiquito. Te lo regalo.

—¿Y qué hago yo con tu hijo?

—Lo cuidás, ¿qué más, si no?

—¿Y tu mujer?

—Ahí, en el rancho.

—No: qué va a decir tu mujer de que le estás regalando los hijos.

—Ella quiere también. No se puede alimentarlos. Comen mucho. Ya hemos regalado tres.

Se llama Perón; un juez le dio ese nombre porque él ya era adulto y no tenía nombre cristiano.

—¿Vivís en tierras de los Palma?

Me dice que vive en la Misión del padre Ovidio.

El ingeniero se incorpora.

—¿Qué carajo pasó?

El hombre se mira el pie todavía morado. Recoge con el dedo un poco del polvo que ha quedado en la piel.

—¿Y esto?

Lo prueba.

—Es medio dulce, ¿no?

Le toco la frente. La fiebre ha bajado.

—¿Dónde estamos?

—Su amigo fue a buscar ayuda. Ya debe de estar por volver.

El ingeniero recorre con la vista el monte inundado.

—Parece que estuvo lloviendo, ¿no?

El mataco sonríe.

Pasamos el tiempo juntos. El ingeniero cuenta chistes verdes. Uno tras otro. Perón permanece en silencio. A veces le gusta una parte y pide que se la repita. Hace un comentario y el ingeniero se queda mirándolo unos instantes y prosigue su relato.

A eso de las tres de la tarde, veo a lo lejos unas personas.

—Ya vienen sus amigos —digo—. Yo lo dejo.

El ingeniero protesta. Quiere que lo acompañemos al campamento y comamos un asado juntos.

Perón y yo le damos la mano y empezamos a caminar en el agua. El hombre nos llama a los gritos. Nos ofrece trabajo. Sus amigos ya están cerca. Son un grupo de seis hombres con mochilas y una camilla. Pero el ingeniero no les presta atención.

Llegamos al rancho del mataco en pocos minutos. Está en una especie de morro y se ha salvado de la inundación. El lugar es como una pequeña isla llena de niños. La mujer sale a recibirnos con una criatura prendida a la teta.

—Este es el que te decía —el mataco señala al bebé—. ¿Lo querés? Te lo doy.

No respondo. Lo tomo en brazos y lo miro. El niño mueve las manos y hace una mueca con su gran boca. Lo apoyo contra mi pecho. Le acaricio la cabeza. Me agradan los niños, son una de las buenas cosas de este mundo.

—¿Lo querés? —ofrece el padre sonriendo—. Lindo, ¿no?

Le pregunto si no tiene historias para contarme.

—¿Cómo, historias?

—Te pago diez pesos si me contás una buena historia.

Me saca al hijo y se lo entrega a su esposa.

—A mi hermano Domingo le pasó algo —dice.

Dos niños juegan en la orilla del río y un tercero mira el pescado que se cocina desde los brazos de la madre. El sábalo está abierto en dos y tiene los ojos blancos por el calor. Las escamas se le desprenden del cuerpo como la cáscara de una fruta.

Cuando Domingo considera que el pescado está listo, llama a los niños y les entrega sus porciones. Se sirven después él y su mujer. Los niños ríen comiendo. Hunden sus pequeños dedos en el pedazo de sábalo que les ha tocado, sacan las espinas y se meten en la boca la carne blanca que se deshace en jirones suaves.

Anochece y los niños se van a dormir. La mujer ordena las cosas. El hombre tira un espinel al río. Sus brazos flacos se mueven en la noche entre las chispas de luna que arroja el agua.

La mujer lo va a buscar a la playa y juntos fuman un cigarro. Se acarician y hacen el amor. Se quedan dormidos sobre el cieno.

Al amanecer los despierta el llanto del mayor de los niños.

Cuando llegan lo encuentran pegoteado en una cagada líquida. Tiembla de frío y extiende los brazos hacia su madre. Como a las dos horas pierde el conocimiento.

Los otros dos niños empiezan a cagarse y a gritar.

Domingo decide llevarlos a la sala de primeros auxilios del pueblo, a unos veinticinco quilómetros. La mujer junta unas pocas cosas y el hombre recoge el espinel que trae un pacú atontado. El pez apenas coletea sobre el barro de la playa.

Alzan a los niños y emprenden viaje.

El camino es pesado y lento porque los chicos piden agua y se ensucian todo el tiempo. Al atardecer han recorrido sólo siete quilómetros y los padres están anestesiados por los gemidos y los gritos de los hijos. La mujer comienza a sentirse mal. Quiere apartarse hasta un cebil, pero cae al suelo. Acampan allí mismo. Asan el pescado que traen y lo comen, pensando en recuperar fuerzas.

Los niños y la madre pasan la noche aullando de dolor y suplicando por agua. La fiebre les hace saltar los ojos. Antes de la madrugada los chicos se duermen, y Domingo escucha por primera vez los ruidos del monte. Al levantarse para examinarlos, se siente débil. Descubre que el mayor ha fallecido y le dice a su mujer, pero ella deambula ya en los campos de su delirio y le comprende a medias la noticia.

El hombre cava un pozo y entierra a su hijo.

A la mañana, como puede, arrastra a los otros dos y a su mujer en una camilla de ramas que fabrica.

Casi no descansa; tira de su familia hasta que las llagas de las manos lo obligan a detenerse. Es mediodía y todos han muerto. Mecánicamente, cava tres pozos y los entierra.

Saco un billete empapado del bolsillo de mi camisa y se lo entrego a Perón. Permanezco un rato con la familia. No me convidan nada porque no tienen ni para ellos.

Ha dejado de llover. Al atardecer abandono la isla, solo, y con las indicaciones de Perón me dirijo a la finca de Palma.

Escucho la música de un violín de una sola cuerda. Es una música áspera, una vidala fúnebre. Al acercarme descubro que la ejecuta un toba ciego. El hombre deja de tocar mientras yo paso.

—¿Quién sos?

—Forastero, abuelo.

—Buenos días, señor.

—¿Es la finca de Palma?

—No, señor. Esta es la Misión del padre Ovidio.

El viejo sigue tocando.

Un caserío se extiende a la orilla de un lago, alimentado por dos ríos, ambos oscuros y caudalosos.

Entro en un almacén ocre, lleno de olores polvorientos y fríos.

Detrás del mostrador hay un indio rubio, muy alto. Me presento, me da la mano y dice que se llama Ciro.

Le digo que me gustaría pasar la noche en la misión y le pregunto si hay alguien que dé alojamiento.

Se rasca la cabeza, está medio dormido.

—Si no le molesta, puede quedarse en la piecita que está detrás de la vieja escuela.

Le digo que estoy de acuerdo.

Lo sigo a un taller que tiene en el fondo. Allí se confunden apiladas las más diversas y absurdas cosas: alambiques para fabricar alcohol; un cilindro de cuero repleto de planos de máquinas; las piezas de un Ford T desarmado; dos telescopios, un libro de hongos de la Bavaria escrito en letra gótica.

Ciro descuelga unas llaves de un gancho y me conduce afuera. Cruzamos la calle; entramos a la escuela, muerta hace tiempo, por una pared de adobe derrumbada.

La habitación que me ofrece Ciro es una pieza de tres por tres. Tiene techo de cinc con los tirantes a la vista y piso de tierra. Apoyado contra la pared hay un catre con mosquitero y un farol a querosén.

Le pregunto cuánto cuesta.

—A voluntad.

Le doy un billete de cinco pesos y el hombre se marcha.

Enciendo el farol y las paredes se mojan de pronto con una luz almibarada. Fumo un cigarrillo. Por la ventana entra toda clase de bichos.

Coloco el mosquitero lo mejor que puedo encima del catre y me acuesto.

Como a las tres de la mañana me despierto con ganas de orinar. Tardo unos segundos en recordar dónde estoy. No me atrevo a moverme: un murmullo se desenvuelve alrededor de mí. Lentamente busco los fósforos. Enciendo uno. No logro descubrir nada. Me quemo el dedo y apago el fósforo.

Presiento el trabajo minúsculo y constante de algo que espesa la oscuridad.

Prendo otro fósforo. Veo unas manchas sobre el mosquitero, parecen nudos del entramado. Antes de que se apague la llama me da la impresión de que se desplazan.

Enciendo el tercer fósforo. Las distingo entonces: sobre la red, atraídas por el calor de mi cuerpo, caminan cientos de vinchucas.

Significa que, si en el mosquitero existe algún agujero más grande que los demás, comenzarán a filtrarse hacia adentro. El catre es muy estrecho y, acostado boca arriba, mis hombros llegan justo a los bordes de ambos lados. Quizá me hayan picado mientras dormía. Me toco los brazos, tratando de distinguir heridas.

No puedo salir a orinar, pero eso ya no importa, se me han pasado las ganas.

Acomodo el cuerpo de costado, encogiéndolo al máximo para mantenerme alejado de la cumbrera de la red.

No duermo, atento al cosquilleo que me producen las patas de las vinchucas moviéndose entre los agujeros del mosquitero. Prendo fósforos para comprobar que ninguna haya entrado. Agoto la caja en media hora.

Al amanecer la puerta de la pieza se abre y en el vano se recorta claramente la figura de un hombre de baja estatura y cabeza grande. De inmediato, las vinchucas se retiran como una marea y se vuelcan hacia los huecos de las paredes.

Cuando miro hacia la puerta, el hombre ya no está.

Salto del catre. Me desnudo y examino a la luz del día cada milímetro de mi piel.

Al salir a la calle, veo un grupo de personas. Son unos peones; rodean a un muchacho mogólico de unos trece años. Lo reconozco: es la persona que apareció en la puerta de mi cuarto.

El mogolito contempla a los hombres. Su cabeza parece un huevo de piedra, los párpados enormes se mueven lentamente hacia arriba y hacia abajo. Sonríe y les señala unas montañas lejanas, luego señala el cielo, las gallinas de una vecina, a un cura, un chancho y una máquina rota que está tirada al borde del camino.

—¿Qué le pasa?

—No sé qué quiere.

El mogolito indica otras cosas que andan por ahí para reforzar su mensaje.

Los peones se impacientan.

—Tonto de mierda.

El cura se ha parado a ver. Lleva puesta una sotana larga de color negro brillante y un casco de explorador africano.

—Escuchen a Daniel —sugiere—. Les está mostrando el sentido de las cosas. *Flammam tuam hoc foco accende.*

Los peones se miran y el mogolito ríe. Vuelve a señalar las montañas, el cielo, las gallinas y todo lo demás en el mismo orden.

—Sí, padre.

Los hombres saludan y se marchan.

El cura me observa, abraza a Daniel y lo empuja suavemente.

—Vamos, hijo.

Viene hacia mí y se presenta, dice que se llama Ovidio. Me pregunta si más tarde quiero pasar por su rancho para tomar un vaso de vino.

Explico que debo ir a la finca de Palma y le pregunto cómo llegar. Refiere que no está muy lejos, pero es imposible pasar ahora por la inundación; en todo caso me conviene regresar a la ciudad en el ómnibus, y desde allí tomar un vehículo que me acerque por el camino de cornisa.

El aire está turbio de zancudos.

Huelo el silencio del río que corre como un baldazo de aceite, mientras los jejenes aureolan la cabeza de Daniel.

Ovidio ha preparado en la mesa una botella y dos vasos.

Estamos sentados en silencio como diez minutos.

De pronto revela:

—Daniel es el Mesías.

Bebe un sorbo de vino. Yo alzo el vaso y también bebo.

—No me cree.

Me siento incómodo.

—Ha venido, por fin.

Dejo el vaso en el suelo. Vuelvo a levantarlo y tomo más.

—Está nervioso —dice Ovidio—. Escuche: Daniel ha venido para lavar los errores cometidos por su Padre en la creación. Para que el hombre perdone a Dios.

Me escondo un rato tras el vaso.

—¿Esto significa que el Padre era malvado y ahora es bondadoso? —se pregunta Ovidio.

Él mismo contesta:

—Nada de eso. Significa solamente que el Padre ha cambiado. Antes se había equivocado y quiere corregir las macanas que hizo. Enviando a Daniel a la Tierra.

Ha anochecido y estamos en penumbras. Ovidio se levanta y enciende una lámpara ajustando el foco. Sigue:

—Claro que esto lleva a una nueva pregunta: si Dios Padre cambia, quiere decir que el tiempo también pasa para Él. Luego, ¿el Padre puede morir? Ese es el tema.

Abre desmesuradamente los ojos y se queda mirándome.

—No lo sé —declara al fin—. Ignoro si el Padre puede morir. Quizá haya muerto ya. Hace mucho que Daniel no sabe de Él.

Se produce un silencio apenas perturbado por el oleaje amarillo del foco de veinticinco watts. De pronto, Ovidio dice:

—Cuando usted se vaya del pueblo, dé a los demás la noticia.

Empieza a agitar las manos.

—Vaya. Vaya.

—¿Qué tengo que decir? —pregunto.

—Que no se preocupen. Que Daniel ha venido a salvarlos.

De pronto se escucha una música fuerte. Ovidio se pone de pie y corre hacia la calle. Entra en un rancho que está en frente de su casa. Lo sigo, sin saber por qué.

Hay un niño de menos de un año acostado sobre unas mantas, llorando a gritos. Más allá, un pasacaset viejo, de donde sale una música ensordecedora y quebrada. Una mujer, en medio de la habitación, baila con varias Biblias atadas a la espalda.

Ovidio entra y apaga el aparato. La mujer no advierte que ya no suena la música. El niño abre la boca y yo miro adentro, remonto sus gritos desesperados y me imagino aquel cuerpo creciendo en plena oscuridad, sus órganos desenvolviéndose para ocupar un sitio en el universo.

Ovidio sacude a la mujer por el hombro hasta que logra hacerla reaccionar. Mete una mano en su escote y saca una teta enorme, una bola de luz atrapada en una red de pequeñas venas azules. Levanta al niño y le acomoda la boca enloquecida en el pezón.

Los gritos cesan de golpe. La mujer se sienta con la mirada perdida. Empieza a mecer al niño, moviéndose hacia adelante y hacia atrás. Tengo la impresión de que no acuna sólo al niño. Se acuna ella misma, a todos los hambrientos.

Permanecemos allí un rato para asegurarnos de que alimentará a su hijo antes de ponerse a bailar nuevamente.

En el almacén encuentro a Ciro y a Teodosio, un viejo con una sonrisa como un gajo de fruta. Con ellos hago tiempo hasta la hora de salida del ómnibus.

Pido un café, pero debo conformarme con un vaso de vino.

Reparo en unas manchas en el mostrador y en los tablones del piso.

—Sangre, doctor —interviene Teodosio—. Nunca pudo quitarse del todo. Mataron a un hombre aquí.

—¿A quién mataron? —pregunto.

—Al capataz de Ismael Palma.

El hombre sonríe con todos sus dientes, pero sin ganas, como si no pudiera evitarlo.

Teodosio cuida la finca de los Palma desde hace más de treinta y cinco años. Como todos los días, recorre las habitaciones. Lleva la Biblia en la mano para protegerse. Con la mirada hacia el frente, de reojo ve las sombras de los animales que se escurren por los pasillos. Sabe que las ratas enormes y las comadrejas que deambulan por los cuartos son espíritus en busca de sosiego. Decide dar otra vuelta por los patios del fondo. Tres perros salvajes le salen al paso. Teodosio les muestra la Biblia y recita un versículo que conoce de memoria. Los perros se alejan.

Ciro me cuenta que heredó el almacén de un alemán llamado Dieter. Dice también que en el depósito hay una biblioteca grande y que él ha leído todos los libros.

—¿Qué opina usted de Paracelso?

Le confieso que no lo conozco.

Parece decepcionado.

—Un gran científico —afirma.

Es de noche. Vuelvo a la ciudad en un ómnibus por una ruta invisible, con el cuerpo recostado sobre el asiento largo. He dejado atrás campos asolados por la oscuridad.

El ómnibus entra en un pueblo. Los naranjos de la avenida principal tienen el color gris y la disposición de los sueños. Pavorosamente inmóviles, encharcados en sus sombras redondas.

Por la ventanilla veo a un hombre en la vereda. Ha prendido fuego a un diario y se calienta las manos.

Me pregunto qué me diferencia de este hombre. En realidad no sería muy distinto el mundo si en este momento cambiáramos lugares. Me pregunto si acaso no es así ya mismo, y el hombre está viajando en ómnibus y yo acabo de calentar mis manos con un diario sobre una vereda de este pueblo. Si acaso no ha sido siempre así y yo he sido el otro sin darme cuenta.

Llego a mi departamento casi a medianoche. Cuando abro la puerta, suena el teléfono.

Es Nájar. Me saluda ceremoniosamente, se disculpa por llamar tan tarde. Le digo que no hay problema, que estaba despierto.

—Hace rato que no lo veo por ningún lado —protesta—. Creí que ya se había cansado y se había ido de la ciudad...

—Estuve afuera un par de días —interrumpo con tono cortante.

Luego de un silencio, me invita a su casa a tomar algo. Quedamos en que lo visitaré la noche siguiente, después de cenar.

Llamo un remís por teléfono y le pido que venga por mí.

Le doy la dirección.

—Barrio San José. ¿A quién va a ver?

—Al profesor Nájar. ¿Lo conoce?

—De nombre.

Viajamos en silencio. Salimos del centro y subimos a un cerro, nos introducimos en unas calles angostas y laberínticas sin árboles en las veredas. Son las diez de la noche y no hay un alma. El hombre frena junto a una casa modesta al borde del barranco.

Golpeo la puerta. Me atiende Nájar en persona. Detrás de él veo a la mujer y a los dos adolescentes que se meten apurados en un pasillo que debe de ir a los dormitorios.

Nájar me saluda con mayor efusividad de lo que requiere la situación. Hay un vaso y una botella de whisky por la mitad apoyados en un combinado viejo. Me pregunto cuánto habrá bebido esta noche antes de que yo llegara.

—Amigo Soler —me abraza de costado—. Le sirvo un vaso de whisky. ¿O prefiere vino?

—Whisky está bien —le digo.

Me siento en un sillón. Vuelve con dos vasos y me da uno. Es un whisky barato que clava en mi paladar sus agujas amarillas. Nájar se sienta a mi lado y me palmea la pierna.

—Amigo Soler —repite y toma un trago.

Se queda inmóvil, detenido, mirando las luces de la ciudad por la ventana.

—¿Está disfrutando de su estadía?

Voy a responder, cuando exclama:

—¡Qué vista maravillosa!

Me asomo por compromiso.

—Desde aquí se ve toda la ciudad. Venga que le muestro.

Se pone de pie y sale casi corriendo hacia una ventana opuesta. Lo sigo. Me lleva a uno de los dormitorios, donde uno de los adolescentes juega con una computadora y no nos presta atención.

—¿Se da cuenta?

Vamos de vuelta al living y recorremos otra vez todas las ventanas. No puedo creer estar corriendo de aquí para allá dentro de la casa. Nos sentamos. Nájar está agitado.

—Por eso no me mudo. El barrio no será el mejor, pero esta vista no la tiene cualquiera.

Me palmea la cara. No me gusta, me parece que ya no es un gesto afectuoso sino que tiene algo de provocación, de amargo, de agua donde se hirvieron trapos de piso. Le aparto la mano lentamente, pero con firmeza. Quiero que entienda que no debe hacerlo otra vez.

—¿Y cómo va todo? —pregunta.

—Necesito más datos sobre Jimena —le digo.

Se pierde de nuevo.

—Jimena, qué chica hermosa. Pobrecita. Son cosas que pasan.

Cosas que pasan, como terremotos o huracanes.

—La mujer... —suelta de pronto—. Dígame, Evaristo, ¿cómo fue que pasamos de la contemplación estética a cogerla? Es una aberración. No tiene nada que ver una cosa con la otra. Debe de ser porque no sabemos qué hacer con la belleza y queremos darle una conclusión rápida a tanto sufrimiento. Si no, no se explica que la visión de una criatura hecha de sonrisas, de labios que se curvan, de movimientos encantadores y sutiles, termine en el culo que es la cloaca de todo ser biológico.

Creo que va a ser imposible obtener información esta noche.

—Jimena... hermosa chica —repite—. Los hombres necesitan estar con muchas mujeres —reflexiona—. O, lo que es lo mismo, con una sola muy atractiva. Una sola mujer muy atractiva es igual que muchas, porque atrae a muchos hombres.

Se calla, quiere darle suspenso a su remate:

—Para cada uno de estos hombres es una mujer distinta. Es muchas mujeres.

Usa un tono proverbial y sentencioso que he escuchado demasiadas veces en provincia. Como si sus palabras quisieran fundar una verdad indiscutible, revestida de modestia y objetividad.

Se levanta del sillón, busca en un estante un disco viejo, de pasta, y lo pone en el combinado.

—Un poco de música —dice.

Suena una zamba, la voz del hombre que canta es gruesa como un órgano y empalagosa.

—Disculpe, Evaristo, ¿usted de qué vive? Yo sé que la literatura no da.

Percibo su malestar nuevamente.

—Tengo algunos recursos.

—¿Fortuna familiar?

—Algo así.

—¿Qué título tiene usted? ¿Doctor, licenciado?

—No tengo título.

—Lástima. Aquí nos gusta tratar a las personas por su título. Clarifica un poco qué función cumplen en la sociedad. ¿Profesor, maestro?

—No, lo siento.

—Yo tuve el mejor promedio de todo el profesorado cuando me recibí. De todas las carreras.

Se sirve otro vaso de whisky.

—Tengo una duda —dice con su sonrisa de lagarto—: ¿usted sabe qué es la sinestesia?

Toma concentrado en la bebida, como si estuviera solo.

—Es una figura literaria —respondo con desconfianza.

Toma de nuevo, mira el vaso, pendiente del contenido.

—Yo creí que era una enfermedad. Le quería comentar algo. El otro día estuve en un asado con un viejo amigo mío. Hablando de bueyes perdidos, me contó que hace unos años un hombre se había instalado en la ciudad de Catamarca. Había alquilado un departamento, como usted acá, y había pagado por las historias que le contaban. Casualidad, ¿no?

Me sirve un vaso a mí también. Lo llena.

—Otra cosa: he estado preguntando. La revista *Sépalo* para la que usted trabaja no existe. Tampoco lo conocen como periodista en ningún medio.

Tomo el vaso y bebo.

—¿Quién es usted? ¿Qué hace aquí?

Evalúo si me conviene decir algo o callar. Darle información podría parecer debilidad y quizá me sometería a su capricho durante el resto de mi estancia en la ciudad. Callar podría ser peligroso, por el tono que le ha dado a sus palabras estoy casi seguro de que el hombre tiene poder. Aunque suena soberbio y prepotente, no temo un ataque físico. Nájar está tan saturado de alcohol que probablemente se desmorone como una gelatina al primer golpe que le peguen. Decido evitar el conflicto.

—Ha preguntado a la gente incorrecta —digo y señalo los estantes que cubren las paredes del estudio—. Tiene una biblioteca grande.

Nájar sonríe de nuevo.

—Unos amigos míos son dueños de una finca a unos quilómetros de aquí. Les hablé de usted. Me dijeron que le ofreciera su hospitalidad y que lo invitara a pasar unos días en una cabaña privada.

Callo.

—Podría escribir tranquilo. Ordenar sus historias.

Estoy mirando los libros de la biblioteca. Sin darme vuelta respondo:

—Me gusta la idea. ¿Cuándo saldríamos?

—Pasado mañana, si está de acuerdo.

—Estoy de acuerdo.

Encuentro a Cecilia cuando está volviendo de la lavandería. Todas las mujeres tienen una sonrisa suave de plenitud con la ropa doblada y apilada en sus brazos.

Le pregunto si quiere salir conmigo esta noche. Aprieta la ropa contra su cuerpo, gatuna, infantil y traviesa, y acepta.

Cuando paso a buscarla por su casa, veo a don Luis en la ventana, que espía detrás de la cortina.

Cecilia tiene puesta una falda muy corta. ¿Por qué las mujeres se visten así? ¿Para gustar? ¿A quién? ¿A quien las invita a salir? ¿A otros que las ven pasar? ¿Para gustarle más al hombre que las invita cuando él nota que otros las miran? ¿Es eso lo que nos atrae de las mujeres? ¿Que atraigan a otros hombres?

Vamos a un pub que está unas cuadras retirado del centro. Es un ambiente oscuro, con fotos de celebridades de todos los tiempos pegadas a las paredes.

Viene a recibirnos una chica y nos acompaña a nuestra mesa.

Hay música latina. Cuando llega el mozo pedimos cerveza y nos quedamos mirándonos. No sé de qué hablar con Cecilia. Siempre me sucede lo mismo con las mujeres que me gustan. ¿Será que la atracción invalida las palabras? Me siento incómodo. Cecilia se da cuenta, me toma de la mano y me conduce hacia el fondo del local. Allí hay dos mesas de pool. Nadie está ocupándolas.

—¿Te gusta el billar? —me pregunta.

Le digo que sí.

Elige dos tacos y me alcanza uno.

Quizá esto sea más fácil que hablar.

Juega bien, mucho mejor que yo. Inclina su cuerpo sobre la mesa y su pelo se derrama sobre el paño. Mete casi todas las bolas. Pierde en una y me toca a mí.

Suena una cumbia. Mientras espera su turno para jugar, Cecilia se mueve apenas al ritmo de la música, distraídamente. Tiene algo de animal perfecto. Pierdo mi primer golpe por mirarla. Pierdo tres partidos seguidos.

Volvemos a la mesa donde esperan nuestras cervezas empañadas por el frío, humeantes.

—Me voy unos días —digo—. A una finca. Nájar me lleva. Necesito aislarme para ordenar mis papeles.

Me acaricia el brazo.

—No vayas.

—¿Por qué?

—Quedate acá.

—¿Es por Nájar? ¿Qué hay con él?

Me cuenta que Nájar tiene sumarios y juicios por abuso de autoridad y acoso sexual a sus alumnos. Que cuando ella cursaba la escuela secundaria, no había adolescente a la cual no molestara. Que tuvo problemas también con varones.

—¿Te molestaba a vos?

Baja los ojos hacia la mesa.

—A todos.

—¿Pero a vos también?

Me mira de repente.

—A todos significa a todos.

Le acaricio la mejilla. Es como un sonido continuo, suave y caliente.

—¿Y qué pasa con los juicios?

—Nada pasa. El doctor Estanislao Palma lo protege y cajonea todas las denuncias.

Fumamos un cigarrillo sin hablar. Ella se sienta más cerca y apoya su cabeza sobre mi hombro.

—Debo ir —concluyo—. Es parte del trabajo que estoy haciendo.

Me advierte que tenga cuidado, que no confíe en Nájar.

Le digo que no confío en él, que sé que ha estado averiguando cosas de mí.

—¿Qué cosas? —pregunta y sonríe apenas. Hay algo sutilmente picante en su sonrisa.

Le tomo la mano que tiene apoyada sobre la mesa.

—Varias.

—Decime una.

—Creo que sabe que soy sinestésico.

Se aparta de mí, preocupada.

—¿Estás enfermo?

Le digo que no, que la sinestesia es un fenómeno de la percepción que tienen algunas personas. Significa que las sensaciones están juntas, que se ha dejado de percibir la realidad a través de la discriminación de los sentidos. Los sinestésicos ven olores, saborean formas y sonidos, huelen colores y texturas. Todo el mundo tiende a unirse en sus cabezas. Se calcula que padece sinestesia uno de cada dos mil individuos. Yo soy uno de ellos. Raras veces, la sinestesia también me permite entrar en otros sitios, como la imprecisa zona que llamamos *más allá*, pero esto no se lo digo para no asustarla.

—¿Te duele?

—No duele —río—. Al contrario, es muy placentero. A veces, cuando los estímulos son demasiados no los puedo controlar y me mareo. Náuseas, algún desmayo, nada grave.

Parece un poco decepcionada.

—¿Y qué secreto es ese? —me pregunta con desprecio.

—No es un secreto. Lo que me preocupa es que Nájar lo sabe. Eso significa que me estuvo investigando.

Cecilia apaga su cigarrillo en el cenicero.

—¿Vamos? —me dice.

Entramos a la casa. Cecilia me pide que no haga ruido para no despertar a don Luis.

—¿No me dijiste que don Luis no oye?

—No oye lo que no quiere.

Vamos a su habitación. Es grande y está bien amoblada, no es un cuarto de servicio.

La acorralo en un rincón y la beso. No se resiste. Me aparto unos segundos para mirarla y sonreímos. Su boca es apenas más oscura que el resto de su piel, está hecha de distintos minerales, un tono más fuerte de la misma música. La beso otra vez, más profundamente, avanzando, como si los besos fueran bocanadas de alguien desesperado por respirar.

Nos desvestimos. Creo que nos apuramos demasiado. De pronto estamos desnudos en la cama, contemplándonos. Comenzamos a tocarnos despacio con los dedos, buscando entre la niebla, necesitamos encontrar un tiempo adecuado, nuestro tiempo para hacer el amor.

Finalmente me acerco y ella se inclina. Me acuesto sobre ella. Me encanta rodearla con mis brazos y apretarla. Blanda pero consistente. Tiene una temperatura milagrosa, un cuerpo tibio y fresco al mismo tiempo.

Lo más hermoso que tienen las mujeres, pienso, no es el pelo, o las piernas, o el culo o las tetas, o la cintura. Lo más hermoso es su rostro y la crispación del cuerpo cuando uno las está penetrando y a ellas las doblega el placer.

—¿Cómo es que viven juntos con don Luis?
—Es una historia larga.
—Yo te conté lo de la sinestesia.
Me empuja y ríe.
—Eso no es nada. Ni siquiera es grave.
La empujo yo.
—¿Habrías preferido que fuera grave?
Levanta los hombros.
—Por lo menos algo interesante.
—Es mejor que interesante. Pero sólo para quien la padece. Los médicos dicen que es como vivir drogado con marihuana.
He despertado su curiosidad.
—¿Vos fumás?
—A veces, pero no siento la diferencia.
Parece satisfecha.
—¿Vas a contarme ahora?

Unos ranchos de adobe, como manchas de acuarela, esparcidos en los cerros. En uno de ellos vive el matrimonio Torres. Tienen una hija, Cecilia, de diez años. Son las tierras de don Luis, Luigi Sinaglia, un inmigrante italiano propietario de un campo colindante con el de Ismael Palma. Sinaglia tiene un cuerpo robusto de dos metros, con brazos trenzados por músculos y venas azules. Afirman que puede destrozar una piedra apretándola dentro de su puño.

Su esposa se enferma y tiene que vender la tierra para costear el tratamiento médico en un hospital del sur. Palma se la compra. Es generoso, le paga un precio justo. Pero desea comprar también a los peones de Sinaglia. El italiano se niega, le dice que la gente debe decidir por sí sola si se va o se queda. Don Ismael no objeta nada y le da el dinero. Pero a la mañana siguiente de firmar los papeles, arrasa los ranchos y mata a quienes oponen resistencia. Al final del día, entre los muertos están los padres de Cecilia. La niña, perdida en medio del patio, mira la tarde aplastada contra el suelo. Las familias que sobreviven le juran lealtad al nuevo patrón.

Don Ismael está por partir con sus peones, cuando repara en Cecilia. Espigada, con sus pechos despuntando bajo la remera rota. Decide llevarla con él. La sube en el anca de su caballo y sale al galope.

Al otro día, don Luis expone la denuncia en la policía, pero no se la quieren aceptar, consideran que no hay pruebas de que haya sido don Ismael el culpable del saqueo. En la zona hay muchos cuatreros violentos.

Don Luis va al almacén y se sienta a una mesa. Espera todo ese día y la mitad del otro, hasta que don Ismael aparece con su capataz y dos peones. Levanta la escopeta y dispara contra el capataz, que se desparrama flácido en el mostrador. Agarra a don Ismael por el cuello y lo alza a medio metro del suelo.

—Usted tiene una niña que no es suya. Que su gente vaya a buscarla y la traiga.

Don Ismael hace una seña a los dos peones, que corren a montar sus caballos.

Don Luis y don Ismael esperan en esa posición media hora. Sinaglia aprieta apenas el cuello para que don Ismael sepa que no debe tratar de escapar. Pide un vaso de ginebra al dueño del almacén y lo bebe con la mano libre. Por fin, llegan los peones con Cecilia. Sinaglia deja caer a don Ismael, que queda tirado en los tablones del piso, casi inconsciente. Apuntando con la escopeta a todos los presentes, sale a la calle con la niña.

Ese mismo día, él, su esposa y Cecilia viajan al sur. No se los ve más durante años. Cuando Sinaglia regresa con Cecilia, ocupa su antigua casa de la ciudad, a pocas cuadras del centro.

Nájar me pasa a buscar en una camioneta nueva. Me pregunto cómo gana tanto dinero con su sueldo de vicerrector de un profesorado. Cargo mi bolso y arranca. Salimos de la ciudad: en minutos tomamos la ruta que va al oeste.

—¿Está cómodo?

Le digo que sí.

—Este lugar al que vamos es muy interesante. Una mansión enorme, como un castillo. Podría ser un castillo, salvo porque está en la selva. Yo le cuido la propiedad a la familia.

—¿Qué familia es? —pregunto.

—Quizá la escuchó nombrar: Palma.

—Creo que sí, alguna vez —digo y callo.

—Ahora están afuera de la provincia. Son parientes de Ismael Palma, un hombre muy influyente.

Andamos en silencio uno o dos quilómetros; después agrega, como continuando naturalmente la conversación:

—Lo emboscaron y le dispararon. Por aquí cerca.

Imagino a Nájar devorando cucarachas. Sospecho que le gustaría masticar esos pequeños cuerpos crujientes, sentir deambulando dentro de la boca las delgadas patas desarticuladas y las antenas como cabellos. Ahora me lleva a la finca de los Palma con quién sabe qué motivo. Nunca quedan claras sus intenciones.

Dice algo:

—Podría matarlo.

No puedo creer lo que oigo. Deja de atender el camino y da vuelta la cabeza hacia mí.

—¿Sabe?

—¿Cómo? —le pregunto.

Sonríe, con esa sonrisa fácil que tiene, aceitosa.

Estoy a punto de largarme a reír por lo absurdo de la situación.

—¿Qué dijo?

Sigue mirándome.

—Decía que podría alterarlo; que el monte es un buen lugar para escribir su nota, pero va a estar solo.

Respiro profundamente.

—Está bien, voy a quedarme pocos días.

Afuera, las chicharras producen un escándalo sin fisuras. El mundo es como un ladrillo, un adobe universal cocinado con sus cantos.

—Aquí les decimos coyuyos.

Está orgulloso de eso. Le gusta tener una palabra local distinta para cada cosa, desearía hablar un idioma propio.

Dice:

—Si lo matara ahora, podría enterrarlo en la finca, nadie lo encontraría.

—¿Qué?

Lo miro, estoy listo para defenderme.

—Ya está bien, Nájar —digo—. Pare la camioneta.

Nájar se estaciona al costado del camino.

—¿Prefiere que volvamos?

—Repita lo que dijo.

—¿Cuándo?

—Recién.

—¿Que el camino de tierra a la finca es difícil de encontrar?

—¿Eso dijo?

—¿Qué escuchó?

Me está volviendo loco.

—No. Nada.

—Sí, los coyuyos hacen un ruido tan compacto que a veces uno entiende cualquier cosa. ¿Seguimos?

Asiento. Arranca y vuelve al camino.

La cabaña que me han prestado tiene todas las comodidades que necesito. Baño, cocina y una mesa donde puedo extender mis papeles y revisarlos. Está en un monte de alisos y nogales. Desde la ventana veo la maleza que se va espesando barranca abajo y apenas distingo las hojas más altas de uno de los eucaliptos del parque que rodea la vieja casa de Palma. Un peón me trae comida todos los días.

Estoy tan solo que hasta prepararme un té me pone de buen humor. Comprendo que soy un invitado en la propiedad de un hombre poderoso. Me dejan escribir, no se meten conmigo, pero pasan los días y no veo a nadie, salvo al muchacho que me trae la comida y que no quiere hablarme demasiado. "Sí", "No", "Voy a preguntar".

Una tarde, frente a la ventana donde trabajo, desciende una criatura como un murciélago gigante. Al principio no se da cuenta de que estoy allí mirándolo. Se rasca el cuerpo con una pata, pone en orden sus alas que han quedado desprolijas por el aterrizaje. Al hacer estos movimientos me ve y se sorprende. Me clava los ojos, se diría con odio. La criatura tiene algo humano. Parece una gárgola escapada de una catedral. No salgo de la cabaña en toda la tarde. Hacia el anochecer la criatura me dirige una última mirada aterradora y levanta vuelo aparatosamente. Esa noche al recordar el episodio, temo haber sufrido una alucinación.

Al día siguiente, temprano por la mañana, decido ir a la casa. Calculo que está a menos de una hora de camino si no me pierdo en las hondonadas de monte sucio.

Tomo un sendero que se desliza entre unos árboles y pastos altos. Diviso un nogal y me encamino hacia él, sé que para alcanzarlo debo recorrer un centenar de metros. El monte está lleno de árboles flacos, a veces soplan ráfagas de viento y los troncos se hamacan, primero despacio y luego con mayor fuerza, hasta que terminan moviéndose elípticamente, como si estuvieran revolviendo el aire cada vez más denso. Hay algo anormal en este movimiento. La luz comienza a menguar y en seguida llueve. Es una lluvia delgada y liviana con un murmullo que aturde, pero casi no moja. Veo una serpiente cruzar el sendero y arañas grandes que buscan refugio entre el colchón de hojas caídas. La lluvia para de pronto. Me seco la frente húmeda y busco el nogal que había tomado como referencia. Extrañamente me he alejado. Con seguridad no hice progresos. En algún momento debo de haber caminado en círculos. Me pregunto si la serpiente que vi más atrás será venenosa y si estará todavía en el territorio.

Llego sorpresivamente a un claro. Hay una construcción en uno de los bordes, fundida con la maleza. Es una habitación hecha de piedra. Parece deshabitada, pero prefiero no aproximarme. Me quedo viéndola, como esperando la reacción de alguien que pueda estar acechando. Las piedras de las paredes brillan por la lluvia y tengo la permanente sensación de que me hallo dentro de un sueño. El sendero continúa más allá del claro. Prosigo la marcha. La selva lo cambia todo. Intento imaginarme este mismo ambiente, despejado, sin árboles. Sería útil, para orientarse mejor, suprimir la maleza, aunque sea por unos segundos. Entonces podría señalar un punto y dirigirme a él cerrando los ojos. Trato de pensar que la selva es sólo eso: un desierto con plantas. Pero la selva no puede suprimirse, es algo que no cesa, como un monstruo que sigue creciendo a la vista de todos. Otra lluvia. Esta vez más fuerte y me empapa los hombros y la cabeza. Está poniéndose oscuro, no sé cuánto tiempo hace que partí de la cabaña, pero es mucho más que la hora que había calculado. Acaso dos o tres horas. Viene a mi memoria la criatura del día anterior y temo que vuelva. Ahora estoy desamparado, a merced de cualquier peligro. Apuro el paso, pero ignoro hacia dónde voy.

Milagrosamente he vuelto: la cabaña aparece frente a mí.

Ya es de noche y hay un cielo despejado, el más oscuro que he visto. Unas estrellas se filtran entre las ramas de los árboles. Se escuchan gritos fuertes, rojos, en la maleza, deben de ser búhos. Se llaman unos a otros.

Desde chico me han perturbado lo alejadas que se hallan las cosas entre sí. No puedo dejar de pensar en que una vez estuvieron todas juntas antes de la explosión. Miles de millones de años de inercia distanciándose unas de otras. Ordenándose y estableciéndose. Astros y planetas solitarios girando perdidos en una inmensidad desconocida, como las frutas con las que juega un malabarista.

Y sin embargo, de pronto, en uno de esos planetas se genera un movimiento desconcertante de regreso: surge la vida. La vida necesita acercar los cuerpos. Dos cuerpos se juntan y producen otro. Se funden, conforman aleaciones nuevas.

¿Estaremos volviendo realmente? ¿Vamos hacia una nueva singularidad del universo? ¿O la vida será tan sólo un intento vacío, una nostalgia de ese tiempo en el que todos estuvimos concentrados en un punto?

Cualquiera sea la explicación, ¿qué más podemos hacer sino recoger todo lo que encontramos y acercarlo? ¿Nuestras existencias pueden consistir en otra cosa? Todo lo que significa existe en la unión.

Es domingo. Desde la madrugada soplan unas ráfagas furiosas de viento caliente. Los árboles se hamacan y golpean su follaje unos con otros, se sacan chispas. Se han desgajado ramas y he visto desplomarse tres nogales gigantes. El cielo está azul, pero polvoriento, desértico. Me siento mal, tengo náuseas y los mareos no me permiten estar de pie. Un olor a cocción de tierra y humo llega desde alguna parte. Arriba se siente un río torrentoso arrancando el techo de cuajo. Me acuesto en la cama y tomo agua desesperadamente, atragantándome y mojando las sábanas.

Hacia mediodía, de pronto, como si lo llamaran de otro lado, el viento desaparece. Pero el monte ha sido desguazado igual que un barco viejo, ramas desparramadas por todos lados, hojas que hasta hace unas horas estaban verdes ahora yacen resecas como si les hubiesen succionado hasta la última gota de savia.

Como prometió, Nájar llega con su camioneta a las cuatro de la tarde.

Arregla unos asuntos con el capataz de la finca y regresamos.

—¿Sintió el Norte?

No entiendo lo que me pregunta.

—El viento norte. ¿Lo sintió? Debe de haber soplado fuerte en esta zona. El capataz me dijo que voló parte del techo. Aquí cerca del trópico es terrible. Voltea casas enteras. La humedad baja al cero por ciento. Vuelve locas a las personas. Hay una ley, ¿sabe? Prohíbe a los jueces dictar sentencia mientras sople el viento norte.

Ríe.

—Lo gracioso es que el centro de meteorología de la universidad ha hecho una investigación. Aquí el viento norte sopla constantemente, me entiende, todo el tiempo. No siempre con la misma fuerza. A veces muy suave, casi intangible. Pero aunque no lo percibamos, el Norte está allí, atrás de nosotros, sosteniéndonos. Trastornándonos.

Ríe de nuevo.

—Si esto fuera cierto, los jueces nunca dictarían sentencia en ninguna causa.

Llegamos a mi departamento en menos de una hora. Le pregunto a Nájar si desea subir a tomar algo. Acepta. Creo que lo que en realidad quiere es curiosear.

Le ofrezco un té. Sonriendo, dice que prefiere vino, si no es molestia. Sentado en un sillón de la sala, observa todo. A veces se pone de pie y se aproxima para ver mejor algún objeto.

—Así que esta es la casa del viejo Luis —reflexiona.

—Don Luis vive abajo.

—Ha subdividido. Era una casa enorme, pero hizo este departamento para alquilar.

—¿Nunca había estado antes?

—Nunca.

Le alcanzo su vaso.

—Un día tiene que prestarme lo que está escribiendo para que lea.

Le aseguro que sí, que un día va a leerlo.

Se queda poco. Dice que debe ir a buscar a su hija a un cumpleaños. Abro la puerta y nos despedimos.

Al mismo tiempo que Nájar está bajando las escaleras, Dardo Guantay sube. Olvidé que lo había citado para esta tarde. Se saludan apenas, con un movimiento de cabeza. Cuando estamos solos dentro del departamento, Dardo señala:

—Yo conozco a ese hombre.

—Es Nájar, el vicerrector del profesorado —digo.

Me mira con seriedad.

Voy a la cocina a preparar té y me sigue.

—¿A qué viene? —pregunta.

—De visita.

—No es buena gente —sentencia y se va a sentar en uno de los sillones del living. En el mismo sillón que ocupó Nájar hace sólo unos minutos.

Se ha nublado. Desde la ventana se ven los autos con las luces prendidas y borroneadas, como si destiñeran y mancharan el papel gris de la tarde.

—¡No quiero té! —grita Guantay.

Está enojado.

—Yo voy a tomar igual —digo en voz alta, tratando de apaciguarlo.

—¿Empezamos? Porque yo tengo cosas de que ocuparme.

Voy al living y me siento frente a él.

—Nájar... ¿le hizo algo?

Se sorprende.

—¿A mí? No. Pero conozco bien a esa clase de gente.

—Escuche —le digo—. No soy amigo de él. Lo conocí cuando le pedí información sobre el crimen de Jimena Sánchez. Desde entonces nos hemos visto unas pocas veces.

De pronto, el cielo se carga de nubes negras y huelo más fuerte la oscuridad en la habitación. Me levanto y enciendo la luz. La cicatriz en el rostro de Dardo se frunce ácida y la piel se le arruga más con la rabia.

—Dígame de qué hablan —insiste.

Empiezo a ponerme nervioso.

—Dardo, mejor nos ocupamos de lo suyo.
Hace un gesto de desagrado y refunfuña.

Ismael Palma vive solo. Tuvo esposa y una hija, pero nadie sabe exactamente qué ha sido de ellas.

Palma dará una fiesta para celebrar el Año Nuevo. Invita a todos los Amaya, una familia vecina muy numerosa. También a los Jerez y a los Guantay, un matrimonio sin hijos.

Los Amaya van llegando en el curso de la tarde, vestidos con sus mejores ropas; saludan a don Ismael y dejan en la cocina la comida y las bebidas que han llevado.

Don Ismael ha comprado más de veinte damajuanas de vino. Ha dispuesto alrededor del predio extensas parrillas donde asa dos terneras, treinta pollos y seis corderos que brillan al resplandor del fuego.

Hay varias mesas grandes hechas con tablones de madera rústica a las que se ha sentado la gente. Todos beben y comen y admiran la generosidad de su anfitrión. Casimiro Amaya, el más anciano de los presentes, se pone de pie y acalla las voces, como si derrumbara una fila de fichas de dominó.

—Es un gran honor para mí pronunciar estas breves pero sentidas palabras de homenaje a nuestro hermano, don Ismael Palma. Sé que a partir de este momento podemos esperar grandes progresos para nuestra querida provincia. Propongo un brindis para celebrar el inicio de una nueva y próspera etapa, fruto de la unión y la amistad.

Don Ismael agradece sonriendo y levanta su vaso.

—Por los buenos amigos —responde.

De entre las sombras llegan tres músicos, dos guitarreros y un violinista, y empiezan a tocar. La gente baila y bebe. Cada tanto en medio de la fiesta se escuchan gritos de alegría. El viejo Amaya, su esposa y sus nietos se retiran a los cuartos porque están rendidos. Sebastiano Guantay y Aniceto Jerez están muy borrachos y se acuestan en el piso de tierra.

A la madrugada, cuando todos han caído y duermen pesadamente, Ismael Palma da la orden de que los músicos se retiren y con sus peones procede a atar a sus invitados. Sin excepción, todos ellos, también niños, mujeres y viejos, son llevados en cadenas a un sótano, más bien un pozo enorme que Palma ha hecho cavar en su galpón. Los prisioneros gimen confundidos y no comprenden lo que ocurre. Se los deja hasta el mediodía siguiente. Luego se los saca nuevamente al aire libre y con una manguera se los lava y limpia de los vómitos y las cagadas que han provocado las descomposturas de la fiesta. Se les da de beber un pocillo de agua a cada uno y algo de pan. Más tarde, bajo la vigilancia de los peones armados, se los desata y se los conduce a un descampado no lejos de allí, donde hay una gran cantidad de materiales acumulados. Los prisioneros empiezan a trabajar. Ese día, el siguiente, el otro. Todos los días durante meses construyen la mansión de Ismael Palma. Se les da una pequeña ración de agua y comida. Tampoco se les permite dormir mucho, sólo lo justo para que puedan trabajar.

Cada noche, Palma elige a una mujer, la separa del grupo y la lleva. Se escuchan durante horas aullidos de terror y al amanecer la mujer es devuelta al sótano. Los hombres que intentan escapar la primera vez son castrados; la segunda, fusilados.

Con el correr de los meses la ropa de la fiesta se les va rompiendo, pero los prisioneros siguen usándola porque no tienen mudas para cambiarse. Flacos, con esos jirones de tela colgando, parecen fantasmas. Finalmente quedan desnudos.

La mayoría muere por el rigor del trabajo y las malas condiciones higiénicas. La mañana en que se colocan las últimas tejas en el techo de aquella casa inmensa como un transatlántico, sólo quedan con vida Sebastiano Guantay y su esposa Silvia, dos muchachas de la familia Amaya y Aniceto Jerez. Por la noche, Ismael Palma va a buscar a los hombres y los fusila en el monte.

Silvia Guantay no lo sabe, pero al momento de morir su marido, está embarazada.

—¿Qué tiene que ver Nájar con los Palma?

Dardo sonríe: la cicatriz en su rostro se convierte en una anémona.

—Se cuenta que Nájar no es hijo del hombre que lo crió, sino del abogado Estanislao Palma. Se dice también que se coge a la mujer de su verdadero padre. Sólo Nájar podía cogerse a ese charqui.

Con Marco nos encontramos por casualidad en una esquina y decidimos tomar un café en la confitería de los políticos. Ahora él también le dice así, "la confitería de los políticos". Le causa gracia. Aunque en realidad tiene un nombre más breve y fácil. Se llama "Belgrano", como la calle.

Desde que nos sentamos a la mesa, Marco cuenta chistes y habla en voz alta. Estridente, parece un cuadro de Ensor. La gente se da vuelta para censurarlo. Entiendo que en esta ciudad hecha de susurros no lo quieran. Lo que no entiendo es cómo lo toleran. Cómo no lo obligan a emigrar. Por alguna razón, Marco ha sobrevivido aquí once años. Tiene su trabajo de profesor, auto, un departamento en pleno centro, viste bien. Tal vez en el fondo no sean personas tan difíciles después de todo.

—¿Conocés a Bartolomé Nájar?

Marco suspira.

—Profesor de Biología. Mal bicho. No respeta nada. Ventajero. Trepador. No te metas con él.

—Me busca todo el tiempo.

—Siempre hace lo mismo. Odia y ama a los forasteros.

—Está ayudándome con el tema de la chica asesinada.

Marco me rodea el hombro con su brazo. Me mira con afecto.

—¿Por qué estás aquí? Nadie se queda en estas ciudades si no tiene una buena razón.

Sonrío.

—No me malinterpretes —dice—. Me alegra que hayas venido. ¿Pero qué periodista alquila un departamento en la ciudad donde tiene que hacer una nota?

—Escribo —digo. "Huyo", pienso—. Escribo historias —agrego.

—¿Cómo?

¿Cómo se escribe una historia? ¿Cómo se construye? Se buscan los pedazos, las partes necesarias y se juntan. Se cosen lo mejor posible y se espera que funcione. Como el monstruo de Frankenstein. No conozco otro modo mejor.

—¿Me vas a decir que sólo viniste a escribir una historia? No te creo.

¿Por qué no me cree? ¿Hay muchas otras cosas más importantes que hacer?

Niega con la cabeza.

—¿Qué?

—Nadie vive de eso.

Le cuento que tengo el dinero de un seguro que cobré cuando mi esposa y mi hijo murieron en un incendio. Un incendio famoso en la ciudad de Rosario. Se sospecha que fue provocado. Ardieron seis edificios, entre ellos la casa donde dormía mi familia. Omito contarle que yo no morí con ellos porque no estaba en el departamento. Tampoco le digo que esa noche me encontraba cerca, y que no escuché los gritos ni las sirenas de las autobombas ni el huracán que levantaban las llamas. Las mismas llamas que continúan expulsándome cada vez más lejos. Estoy en expansión, como estuvo en expansión el universo una vez. Desearía detenerme y volver a juntar todas mis partículas.

—¿Me prestás el auto uno de estos días? —pregunto de repente—. Tengo ganas de ir de putas.

Dejo el auto a un par de cuadras, como me indicó Marco, y camino hasta la calle Colón.

Es una cortada. En ella se apilan cafiolos, chicas y clientes. Según me han contado, es generalmente pacífica, aunque cada tanto hay una corrida porque le sacan la billetera a alguien y viene la policía.

Me golpean las luces rojas de las habitaciones y los braseros encendidos en la vereda donde las muchachas se calientan las piernas.

Decido pasear un poco antes de elegir. Me atacan con ofertas, esa es la idea, no dejarme pensar, parecen gitanas. Una chica se me pega. Habla y habla sin parar, me aturde, me pregunta cuál es mi fantasía erótica.

—Que te calles —le digo.

Doblo la esquina para salir del torbellino.

Atrás de la calle Colón es otro mundo, un cafiolo vigila perezosamente, unos niños anaranjados juegan a la pelota bajo la vía láctea y varias mujeres lavan ropa en unas piletas grandes de cemento y me contemplan como si estuviera perdido.

Me acerco al cafiolo y le pregunto si tiene una chica para mí.

—¿Cómo la quiere? ¿Rubia? —se ríe.

Le digo: joven, flaca pero tetona, de tipo indígena, silenciosa.

—Usted es muy exigente.

—No quiero verla aquí —agrego—. La espero en el alojamiento. Mándela para allá.

Piensa unos segundos.

—Le va a costar. La que tengo es una chica fina, viaja en taxi.

Arreglamos el precio.

—En una hora —le digo—. Que pregunte por el señor Evaristo.

Paso por un supermercado y compro una botella de vino, un sacacorchos y dos vasos. Luego voy al motel y alquilo una habitación. Le digo al conserje que una chica preguntará por mí. Me da la llave y voy al cuarto. Es más grande de lo que esperaba y está decorado con bastante discreción. Prendo el televisor y voy a ducharme.

Me envuelvo en la toalla y me tiendo sobre la cama. A la hora en punto golpean la puerta. Abro y veo a la chica.

—Soy Dana.

Le pido que pase. Destapo la botella y sirvo dos vasos.

—¿Cuál es tu verdadero nombre? —pregunto.

Vacila.

—Dedicación.

Me gusta, tiene cara de huevo de serpiente oriental. Voy hacia ella.

—¿Dedicación? —repito.

—Dedi.

—¿Tenés hijos? —le ofrezco un vaso de vino.

—Uno.

—Desvestite.

Se saca la remera ajustada y la falda. Tiene una buena postura y un bello color de piel. Pezones minúsculos, cabecitas de alfiler en un almohadón. No hay señales del parto en su cuerpo, ni cesárea ni flacidez. Un médano de bronce.

—¿Hacés gimnasia?

—No.

Me observa, un poco sorprendida por mis preguntas.

—¿Te la chupo? —ofrece.

—Tranquila. Hay tiempo. Voy a pagarte la noche completa.

—Está bien —suspira impaciente—. ¿Qué hacemos?

—Charlamos, tomamos vino.

Sonríe. Toma un trago.

—¿Y después?

—Ya vemos.

Tomo yo también.

—Es bueno el vino —digo.

Alza los hombros.
—Me gusta más el whisky.
—La próxima vez.
Se sienta en la cama y suspira de nuevo.
—Ponete en cuatro patas.
Obedece.
—¿Así?
—De perfil.
Se acomoda.
—¿Y ahora?
—Quedate ahí.

La luz del velador pronuncia su forma. No hago nada, sólo la contemplo sentado en una silla. Me parece que se excita. Unos chispazos de placer encienden su rostro y los músculos de su espalda se tensan. Veo que su vagina está humedeciéndose.

Me levanto de repente y aspiro su olor de hembra profundamente. Vuelvo a sentarme en la silla.

—Movete —ordeno—. Quiero ver cómo sos de puta.

Hay algo trágico en un hombre cuando camina hacia el sol que está ocultándose al final de la calle. Como si deseara alcanzar el crepúsculo que está esperándolo, pero la ciudad se rehusara a dejarlo salir. En ese instante el sol y el hombre tienen la misma naturaleza, están hechos de la misma sustancia. Ambos se atraen, ambos desean morir. Sin embargo, las calles y los edificios le impiden al hombre cumplir su destino.

Me detengo y permanezco contemplando, a través de un agujero entre las casas, la última luz vieja y sangrienta. Busco el paquete de cigarrillos en los bolsillos del saco. No pienso en nada particular. Hace mucho que he renunciado a concentrarme en el presente. Sienta lo que sienta, piense lo que piense, siempre estarán allí en el fondo de mi cabeza las imágenes del dolor, oprimiendo cada cosa que veo o aspiro, advirtiéndome que ya no tengo derecho a una vida ni siquiera mala.

Prendo un cigarrillo y regreso a mi departamento, despacio, envuelto en el humo gris de terciopelo que suelto por la boca y la nariz. Las luces de los negocios empiezan a encenderse y a lastimar las calles, y los autos pasan sobre la avenida en el vapor del atardecer como si no fueran reales, como si fueran sombras o vehículos fantasmas, conducidos por nadie.

En la vereda, recostado sobre el naranjo, me espera Dardo Guantay.

Las familias esclavizadas construyen la casa, mientras Palma camina por el lugar vigilando. A veces, en las largas siestas se aburre bajo el sol. Ve a unos niños, los nietos de los Amaya y los hijos de Jerez, que están acumulando piedras en un mismo sitio para que los mayores las usen como cimientos del ala sur. Reúne a tres de ellos y les muestra una moneda.

—Una de estas para el que me traiga animalitos.

Los ojos de los niños brillan. Están por irse al monte, cuando Palma agrega:

—Tienen que estar vivos. Si me los traen muertos, no hay moneda.

Por la noche, los niños vuelven con lo que han cazado: una comadreja, tres cuises, dos pájaros. Palma cumple su parte del trato y les paga. Pone a los animales en cajas separadas y se retira a dormir.

Al día siguiente, llama a los niños. Les pide que busquen unas ramas delgadas y que las afilen con unos cuchillos que les presta. Trae las cajas con los animales. Uno a uno los atraviesa con las ramas a lo largo mientras se retuercen de dolor. Hace unos orificios en el suelo y coloca allí las ramas con los animales empalados. Los deja al sol.

Mira embelesado el sufrimiento como un espectáculo.

—Animalitos —dice y ordena a los niños—: Traigan más.

Todas las tardes repite la misma ceremonia hasta que el lugar se cubre por las más diversas criaturas. El aire se vuelve irrespirable.

Cuando no están cazando en el monte, los niños contemplan las manipulaciones de don Ismael y poco a poco van sintiendo atracción por las formas de la muerte que el hombre instala.

—Don Evaristo, podría pagarme un poco más por las historias. Estoy construyendo una pieza.

—Hagamos una cosa: si las uso, le pago el doble.

—¿Veinte pesos cada una?

Cuando Dardo se va, me saco la ropa y abro la canilla de la ducha. Me sirvo un vaso de vino y me siento a esperar a que se caliente el agua. Recién entonces reparo en un papel bajo la puerta. Me acerco y lo levanto. Es el informe forense de Jimena Sánchez. Alguien ha querido que yo lo lea. Señala más o menos las mismas cosas que ya conozco. Cuenta veintitrés puñaladas, yo sabía de veintiuna. Habla de la marca, hecha a fuego, sugiere que podría tratarse de una letra griega de nombre *Rho*. Del cuerpo sucio. No hay signos de violación.

Estoy cansado. Me ducho y me acuesto.

Nájar me llama y me avisa que algunos miembros de la familia Palma han llegado a la ciudad y que desean invitarme a cenar. Queda en pasar a buscarme a las 21.

Viven en una casa muy grande, junto al río, una especie de imitación de un palacio, con escudos grabados en el frontispicio. Tocamos la campana que hay en la galería y nos atiende una criada vieja, tan encorvada que parece un círculo.

La familia nos espera en la sala. Amalia, la madre; Francisco, el padre; la hija Luciana, y dos primos, Anselmo y Severo, que según me explica Amalia a veces viven con ellos y a veces van a la finca en la que estuve. Les agradezco la hospitalidad y siento un vahído. Como si fuera a marearme y a caerme, pero me recompongo y permanezco de pie, aunque me apoyo disimuladamente contra una pared. Es un lugar denso, que no permite respirar bien. Muchos colores hediondos, demasiados aullidos negros.

—Al contrario —dice Francisco—. Nosotros somos los agradecidos. Nos alegra que la vieja cabaña sirva para algo. ¿Pudo trabajar tranquilo?

—¿En qué está trabajando? —pregunta Amalia.

Nájar interviene:

—Evaristo escribe una nota sobre la chica Sánchez.

—Ah —exclama con un gesto contenido Amalia, como si censurara que yo esté dedicándome al caso.

Pasamos al comedor y nos sentamos a la mesa. El ambiente tiene poca luz, como una bóveda. Miro sus rostros endogámicos. Observo con discreción a la pequeña Luciana, sus pechos son grandes y hasta tienen forma armónica, pero su cuello es demasiado delgado, igual a un signo de interrogación. La nariz desemboca en el arco de las cejas: un pájaro nocturno, una lechuza flaca; es inusual, desagradablemente parecida a sus padres y a sus primos. Si alguien se casara con ella, tendría la sensación de hacer el amor con toda la familia.

—¿Cuándo quiere volver a la cabaña?

—El viernes, si no tiene inconveniente.

Francisco y Nájar se miran un instante.

—Necesitamos unos días. Hay que reparar el techo de la casa y una ventana que no cierra bien. El Norte hizo estragos. En su cabaña también se volaron varias tejas.

—Puedo ir otro día, si prefiere.

—El martes es San Cristóbal, el patrono de nuestra iglesia, y me gustaría invitarlo a que nos acompañe. Vamos a celebrar una misa y luego a comer un asado con unos amigos.

"Nuestra iglesia." Acepto la invitación.

—Perfecto, entonces durante la fiesta le informaré cuándo va a estar lista la cabaña.

Luciana mira sin ver, su mente parece estar en blanco. Podría tener cualquier edad entre veinte y treinta años. Me la imagino desnuda en una cama, blanca como una larva, blanda, perfumada con naftalina, y contengo una arcada.

La misma criada vieja que nos abrió la puerta trae la comida en una fuente cubierta. Amalia la destapa. Es un animal, pero no distingo de qué se trata. Bien cocido, dorado y brillante. Podría ser un pollo pero tiene cuatro patas.

Son tan raros que no me sorprendería que de cena nos ofrecieran sapo o rata.

Pasan la fuente y todos se sirven. Cuando llega mi turno, me cuesta cortar la carne. Querría una pequeña porción, para probar, pero pese a mis esfuerzos sólo logro desprender un pedazo que es un cuarto del cuerpo. Me lo sirvo igual, con seguridad ya todos han notado la carnicería que he hecho. Levanto la vista avergonzado. Afortunadamente nadie está mirándome.

La cena transcurre casi en silencio. Hablan entre ellos, como si yo no estuviera allí. Severo y Anselmo cuentan de un caballo que se había ausentado de la finca y que ahora repentinamente está de regreso. Francisco escucha y de vez en cuando hace una broma que no comprendo y todos ríen. Bartolomé elogia cosas de la familia: el mobiliario, la construcción de la casa. Intenta ser ingenioso.

Me dirijo a Luciana en voz baja, tratando de empezar una conversación personal. Le pregunto si estudia. Dice que sí, que está terminando el profesorado en Letras.

Le pregunto qué materia le gusta más.

—Griego —responde Luciana—. Soy ayudante de la cátedra.

—¿Ayudante de Rodas?

—A ella le gustan los libros —interrumpe Amalia—. Son sus novios.

Finjo sorpresa.

—¿No sale? ¿No le gusta ir a bailar?

Luciana hace un gesto extraño, como si tragara un hueso.

Me atrevo y pruebo un bocado de la cena, preparándome para que el asco me haga estremecer las mandíbulas. Me sorprendo. Es sabroso. Aromas trufados, hongos del monte. Como todo lo que tengo en el plato.

Después de la cena pasamos a la sala y la criada trae el café. Severo y Anselmo desaparecen, ni siquiera se despiden. Francisco y Bartolomé van hacia el escritorio para atender asuntos de la finca. Quedamos Luciana, Amalia y yo.

Amalia se sienta un poco aparte a tejer en un lugar oscuro.

—Parece mentira —señala—. Yo veo mejor sin luz.

Igualmente la luz de la habitación no es demasiada. Alguien me ha dicho, creo que ha sido Dardo Guantay, que la abuela de Luciana, la madre de Amalia, tenía cuatro pechos. Dos en su lugar habitual y otros dos más arriba, cerca de las axilas. Por este motivo, su esposo no le permitía salir a la calle. Iba a trabajar y la dejaba en la casa todo el día con las puertas y las ventanas cerradas.

Tomo mi café.

—¿Le interesan las lenguas clásicas? —me pregunta Luciana.

Vuelve Bartolomé del escritorio y se sienta con nosotros.

—¿Qué cuentan los letrados? —dice con tono de broma—. Siempre imaginando otros mundos.

Levanta su taza de café, se la lleva a la boca, pero no bebe. La apoya en el platillo.

Noto por primera vez en Luciana un gesto de rechazo o desprecio por Nájar.

—Ustedes me disculparán —comenta él—. Pero no encuentro demasiada afinidad con los artistas. Mi padre afirmaba que no es bueno tener tanta imaginación. "Si tenés demasiada imaginación, no hacés las cosas", decía.

—Bartolomé —lo interrumpe Luciana—. Papá te está llamando.

Nájar mira hacia el escritorio.

—Francisco, ¿necesita algo? —pregunta en voz alta y se vuelve hacia nosotros:

—No necesita nada.

Luciana lo contempla con seriedad.

—Bartolomé, entonces alguien más debe de estar necesitándote en otra parte.

Nájar sonríe, en la sonrisa hay una reverencia, y desanda sus pasos hacia el escritorio.

Sin querer, he dejado la radio prendida antes de salir. Toda la mañana, mientras estoy afuera, recuerdo esa música sola, dentro de mi habitación, sin que nadie la escuche.

Voy a la escuela donde trabaja Marco. Él le habló sobre mí a una colega de literatura y la mujer me ha invitado para que les dé a sus alumnos una charla sobre la escritura. He pensado ejercicios para que ellos mismos escriban un cuento o un poema, pero cuando llego Marco me avisa que la directora quiere conocerme, según parece ha surgido un inconveniente, y me conduce a su oficina. Me presenta a una mujer joven muy maquillada que desde el primer momento me observa atentamente.

—Es un honor tenerlo aquí —dice.

—Gracias.

Me informa que la charla se ha suspendido porque falta poco tiempo para la fiesta de los estudiantes y los chicos están muy atrasados con el proyecto de la carroza y las glorietas.

—En cuanto pase esta locura —sonríe sin quitarme los ojos de encima— lo llamaremos para atenderlo como se merece.

Le digo que no tiene importancia, que yo sólo estaba respondiendo a una invitación de la profesora de literatura, a través de Marco Andrade. En el fondo estoy feliz porque ahora podré volver a casa y apagar la radio.

Me invita a ver cómo trabajan los alumnos de la escuela para la fiesta de los estudiantes. Insiste. Pienso en la música en mi departamento y me inquieto. Esa música presa, encapsulada, tomando la forma de un cubo, golpeando las paredes para llegar hasta los oídos de alguien, poniéndose amarga.

Marco me hace una seña para que acepte.

La directora me lleva primero a un aula, donde todo un curso de adolescentes hace flores blancas de papel. Explica que hay más en las otras aulas, ocupados en flores de distintos colores.

—En esta ciudad los profesores deben apurarse a terminar los programas antes de las vacaciones de julio. Después, hasta la fiesta de los estudiantes, el tiempo se va en los preparativos. Cuando la fiesta finaliza, ya tenemos fin de año encima.

Lo dice como si fuera inevitable. Contemplo a los jóvenes, todos con la cabeza baja atentos en doblar el papel correctamente. De vez en cuando uno le muestra a otro un pliegue o la forma perfecta que tienen los pétalos.

—Las flores deben ser todas iguales, es importante eso. Se usan para recubrir el piso de la carroza y para el techo de las glorietas, y si están mal hechas el jurado descuenta muchos puntos.

—¿Qué jurado? —pregunto por cortesía.

—Esto es una competición, profesor Soler —explica como si yo fuera una persona de otro planeta—. Hay desfiles de carrozas y el jurado las evalúa. Los alumnos deben terminar a tiempo, se quedan después del horario de clases, a veces pasan la noche aquí. Les dejamos las luces prendidas.

Puedo imaginarlo: durante meses haciendo flores; uno tras otro, iguales entre sí, los días se despeñan. Miles de jóvenes con la cabeza inclinada dentro de un solo día gigante.

Caminamos ahora por un corredor hasta un patio donde otros estudiantes, principalmente varones, están trepados con soldadores y martillos a una estructura metálica sobre cuatro ruedas. No logro descifrar qué representa, pero la mujer me cuenta que se trata de un paisaje con un arroyo, ovejas y un pastor. Acaso también se incluyan a último momento dos o tres conejos pero esto el comité de la escuela no lo ha decidido todavía.

Nos caen encima unas chispas de los soldadores. La directora grita divertida y se abraza a mí.

—Disculpe —dice—. Siempre me toma de sorpresa. Hay que tener cuidado: en una escuela, no sabemos cómo, el año pasado un alumno se prendió fuego.

Después de un recorrido por la mayoría de las aulas y los patios, me despide, excusándose porque tiene muchas obligaciones y promete invitarme después de septiembre. Le digo que no sé hasta cuándo me quedaré. Me da un beso y se introduce en su oficina. Quedo solo en el hall de salida. Salgo a la calle y camino de regreso a casa.

Cuando llego, la música está podrida. Apago la radio y abro todas las ventanas; apenas puedo respirar por el olor.

—Dardo, ¿por qué le tiene tanta rabia a Nájar?

Pone esa expresión que ya comienzo a conocerle: cara de nada, de papa pelada, de que la pregunta que uno le hizo en realidad no fue formulada, nunca existió, y que, en todo caso, él no tiene intención de contestar.

Suspiro. Él también respira profundamentc antes de empezar su narración.

El parto de Silvia Guantay se acerca. Se llama a una comadrona y se traslada a la mujer a la cocina de la casa donde hay agua corriente. Ismael Palma, borracho, desde una silla, observa cómo Silvia arquea su cuerpo.

El niño ya viene. Silvia puja y la pequeña cabeza aparece.

Palma saca de las brasas un hierro que está en el fogón. Tambaleando se aproxima a la mujer. La comadrona trata de alejarlo, pero Palma la aparta de un manotazo. Don Ismael mira a Silvia, que lo contempla a su vez, empapada en sudor y suplicante. El hombre masculla algo incomprensible y con pulso incierto aplica el hierro entre las piernas de la mujer y toca el rostro del niño.

Llamo a Dedi. Me atiende con voz de dormida.

—¿Quién es?

—Evaristo.

—¿Quién?

—Hace un par de noches, en el *Sei Tu*.

—Ah, sí.

—¿Estabas durmiendo?

—Ayer me acosté tarde.

Le digo que quiero verla.

—¿En el hotel?

—No. Puede ser en el centro. Es para hablar, nomás.

Advierte que igual va a cobrarme.

Dos horas después nos encontramos en un bar chico, a cinco cuadras de la peatonal. Es tranquilo, hay poca gente. Ella lo ha elegido. Prefiere no mostrarse mucho por las calles principales porque allí trabajan varios de sus clientes importantes y una vez ya tuvo un problema con la esposa de uno de ellos.

Lleva puestas una falda angosta y una camisa blanca. Me saluda con un beso que se extiende sobre mi cara, me envuelve la cabeza y se ciñe al cuello.

Le digo que está muy bonita. Sonríe de un modo especial. En esa sonrisa se sobreentiende la noche que pasamos juntos.

Hablamos unos minutos sobre tonterías. Hago algunas bromas. Es muy suelta, me agrada eso.

Le pregunto cómo empezó a trabajar. Me cuenta que a los quince años quedó embarazada de un novio de la secundaria. Sus padres se enteraron y la echaron a la calle. El novio se fue de la provincia. Una vecina a la que ella siempre veía salir muy tarde, casi de noche, la encontró llorando una vez en el umbral de la casa; le dijo que era puta en la calle Colón y si no quería que la llevara con ella para probar.

Pasaron seis años desde ese día. Ahora gana buen dinero y ayuda a sus padres, que están desempleados.

—Es gracioso —comenta—. Habré tenido sexo un par de veces antes de quedar embarazada. Era casi virgen y ellos no pudieron aceptarlo. Ahora que lo hago hasta diez veces por noche, nos llevamos bárbaro. Y están chochos con el nene.

Dedi come torta de manzana.

—¿Puedo pedir otra? —me pregunta cuando termina.

—Claro —le digo y llamo al mozo.

—Me enloquece la manzana.

Ríe y se muerde el labio. Le pregunto si no tiene problemas con los hombres. Clientes que se enamoran de ella y le reclaman que deje de trabajar.

—Los hombres son simples —me toca la punta de la nariz con el índice—. Ellos quieren que una les prometa cosas. Yo les digo: "Te lo prometo". Y se quedan tranquilos.

Consulta si puede pedir otra porción. Propone cobrarme menos la cita. Llamo al mozo de nuevo.

Cambio bruscamente de tema.

—¿Estuviste el día que encontraron a la chica Sánchez?

Temo que mi pregunta la ponga alerta, pero la toma naturalmente.

—Fue una madrugada, todavía estaba medio oscuro, la tiraron de una camioneta en el descampado frente a la Colón, como a doscientos metros. Al principio creíamos que era un muñeco o un maniquí. Los vimos desde lejos. Después se fueron.

—¿Hombres?

—No sabemos. Hacés las mismas preguntas que me hizo la cana —ríe—. ¿Sos policía?

—Si lo fuera, te llevaría detenida toda la noche.

Ríe de nuevo.

—¿La viste después a Jimena Sánchez de cerca?

Hace una mueca de espanto.

—Fue horrible, toda despatarrada. Un espantapájaros.

A Dedi le sorprende que Jimena haya quedado despatarrada. La gente está acostumbrada a ver a los cadáveres derechos y prolijos, en un cajón.

—Cortada y marcada como si fuera un animal. El cuerpo lleno de sangre y de tierra.

—¿Tierra?

—Esa tierra abono para plantas, parecía que la habían revolcado como una milanesa. La tenía toda pegada al cuerpo, por la sangre.

Termina su tercera porción de torta de manzana.

Está anocheciendo. Acompaño a Dedi a tomar el colectivo. Luego camino a lo largo de la avenida. Decenas de adolescentes trabajan como una colonia de hormigas montando estructuras metálicas. Las chispas de los soldadores salpican la vereda.

Me detengo a mirar.

—¿Le gusta?

Un muchacho de dieciocho años está sentado fumando en la baranda de la terraza que da al río. No sé si es él quien ha hecho la pregunta u otro que ajusta un tornillo en la glorieta.

—La fiesta, ¿le gusta?

Ahora sí lo he visto mover los labios. Es el muchacho que fuma.

Le respondo que aún no la conozco.

Me siento con él.

Me cuenta que primero construyen estructuras para las glorietas y las cubren de flores y luces. Al mismo tiempo, en los galpones de las escuelas preparan las carrozas. El día del desfile, sobre las carrozas llegan las reinas y las princesas, saludando al público; descienden y se introducen en las respectivas glorietas.

—¿Viene mucha gente?

—Toda la ciudad.

Me convida un cigarrillo. Calculo que debe de haber varias cuadras de glorietas, porque al fondo de la avenida se ven volar todavía las chispas en círculos.

Se acercan unas chicas.

—La de la izquierda es nuestra reina —indica el muchacho en voz baja.

—¿A vos te gusta la fiesta? —le pregunto.

Se ríe.

—Peor es estudiar.

Las chicas se nos unen. Me saludan con un beso y hablan con una voz impostada, excesivamente fina y mansa. Sospecho que el arma que aprenden desde pequeñas es fingir sumisión.

Las tres me contemplan con curiosidad, despliegan todos los trucos de seducción que tienen a su alcance. Posiblemente por el solo hecho de que soy mayor crean que deben comportarse como gatas domesticadas. Revolotean un rato alrededor de mí. Se mueven para sacudir sus cabelleras. Cuando dicen algo, me tocan con suavidad el brazo enfatizando sus palabras. Finalmente se despiden.

Las contemplo irse, una de ellas se da vuelta y me sonríe.

Nos quedamos el muchacho y yo, solos, en silencio.

—¿Quién paga todo esto? —pregunto.

El muchacho responde que el gobierno.

Ismael Palma va al almacén del pueblo por provisiones: azúcar, yerba y alcohol. Lo acompaña como siempre su perro, un perro grande y negro. Mientras espera en el mostrador, un hombre, un forastero, lo observa desde una mesa con ojos turbios y un vaso en la mano. Palma permanece callado y el hombre tampoco habla. Sólo se miran durante unos segundos. Cuando Palma es despachado, sale con sus bolsas y las carga en una mula. Sube a su yegua y parte.

Por la noche, el hombre se recupera un poco de la borrachera y deja el almacén. Monta su caballo y se va por el camino al paso. A unos quilómetros del pueblo, lo atajan los peones de Palma. Lo tiran de la montura y le pegan con los rebenques, lo atan y lo llevan a una casilla de madera abandonada.

Lo desnudan y lo cuelgan por las muñecas de una viga del techo.

Palma aparece por la puerta.

Desenvaina su cuchillo y se aproxima al hombre,

que lo contempla aterrado. Lo capa de un solo tajo y arroja los testículos a su perro que los abaraja en el aire.

Empieza a llover. Palma y sus peones se quedan allí conversando un rato mientras esperan a que escampe. La soga de la que pende el hombre vibra por los espasmos. De pronto se queda inmóvil. El hombre se ha desmayado. Casi al mismo tiempo la lluvia para. Lo bajan y lo amarran a su caballo que camina sin rumbo por el monte hasta que un hachero lo encuentra y lo auxilia.

Bromeando, le digo a Guantay que con todo lo que le pago puede construir su pieza y amoblarla.

—Espere a las próximas historias —sonríe—. Debería cobrarle el triple.

Con Cecilia hemos decidido pasar un día en el campo. Llevamos una canasta. Ella ha preparado la comida.

—¿Adónde vamos? —pregunto.

—Es una sorpresa —dice y subimos a su auto.

Tomamos la ruta y nos dirigimos hacia el este. Ella conduce con la ventanilla abierta y el pelo se arremolina y le envuelve la cara. Yo se lo quito para que no le moleste. Quince minutos después baja por un camino de ripio y andamos un trecho corto. Se estaciona bajo un sauce, muy cerca de un río. Hay unas vacas pastando y también unas cabras. Un chivo se para en dos patas para comer los frutos de una tusca.

Cecilia junta las cosas y va a salir. La sujeto de la nuca y la beso.

—Bajemos —susurra.

La convenzo para que hagamos el amor allí mismo. Se saca la bombacha y se levanta la falda. La siento sobre mí. Sucede algo raro, terminamos juntos en seguida. No he estado adentro de ella ni siquiera treinta segundos. Meto las manos debajo de su camisa y la agarro fuerte de la cintura. La aprieto, toco las fibras de sus músculos. Tira la cabeza hacia atrás, sigue moviéndose. Me abraza y nos quedamos así recuperando el aliento.

Salimos del auto y empezamos a preparar todo. Estiramos la lona, ponemos encima las botellas. Una pareja de cardenales se posa en una rama. Nunca vi cardenales en libertad. Vuelan hasta el piso. La veo a Cecilia de espaldas, ha ido a buscar la comida que está en el baúl. Sé que aún no se ha puesto la bombacha y eso me excita. La abrazo y la penetro de nuevo por atrás. El murmullo del azul, el río que huele a naranjas. Decenas de mariposas blancas flotando todas en la misma dirección, arrastradas por el oleaje del viento.

Cuando terminamos de comer, vamos hasta el arroyo. Nos descalzamos y hundimos nuestros pies en la corriente. Cecilia tiene pies parejos, pequeños, peces bajo los flecos del agua, dan ganas de atraparlos y separarle los dedos suavemente.

Después salimos a caminar por el monte. Una decena de urracas nos acompaña.

Según Cecilia, las urracas son pájaros de muchos cantos. Pero apenas amanece, cuando el sol se acomoda sobre la tierra en forma de charcos, prefieren un trino cortado en ocho o nueve segmentos, que comienza con vehemencia y luego se va desinflando, hasta que acaba desteñido y afónico.

Acuden en bandadas y preceden por unos metros al caminante; cuando uno está por alcanzarlas, el grupo de urracas hace un corto vuelo hasta los árboles más próximos. Allí se posan, su larga cola las jala hacia la tierra y deben balancearse durante unos segundos, buscando equilibrio sobre las delgadas ramas para no caer. En cuanto logran afirmarse, eligen uno de sus cantos y lo sueltan.

Es un día perfecto. ¿Hay días perfectos? ¿O es el aire fresco que nos ayuda a olvidar la furia del mundo? ¿Está mal olvidar? ¿Debemos recordar en la belleza de cada hoja de árbol que cae girando en el monte la locura y el odio que nos observan impacientes? ¿Cuál será la medida apropiada? ¿Un quilo de dentelladas por un gramo de besos? ¿Un quilómetro de violaciones por un centímetro de caricias? ¿Cuál será el precio que tendré que pagar por disfrutar tan livianamente de un día como éste?

No siempre. A veces pasa, cada tantos años, en las noches.

Desde el umbral de una casa abandonada, algo arranca a la gente y la devora; algo, de un zarpazo, los mete adentro.

Una pareja de recién casados caminaba abrazada por la calle y vio cómo delante de ellos una mujer era absorbida como por un tornado. En el momento en que los dos jóvenes se acercaban para investigar, un anciano que había presenciado la escena los previno, les dijo que por favor no continuaran. El muchacho quería saber de qué se trataba, pero la esposa lo detuvo y logró convencerlo de que se alejaran de allí.

Cada tantos años. No se sabe qué es. Un animal, un monstruo, se le ha visto a veces la garra. Vive probablemente en los sótanos, y de pronto sale, cobra dos, tres, diez víctimas y vuelve a congelarse por tiempo indefinido. La policía acude, pero tiene miedo. Es un edificio que nunca se terminó, un baldío con los cimientos llenos de agua podrida, con columnas de hormigón y recovecos impredecibles. Se supone que la criatura se esconde allí, pero nunca se la ha podido hallar.

¿Acaso nosotros no arrancamos nuestra comida? Así, como si mordiéramos una tarta de manzana, así el monstruo desmiembra la comunidad. La propiedad abandonada pertenece a la familia Palma.

Voy con Dardo una mañana, es una calle apenas alejada del centro. Imagino que debe de ser muy oscura por la noche; hay casas habitadas a los costados y al frente.

—¿Y la gente nunca vio nada?

—Nada, profesor. Sale de golpe. La policía y los vecinos han ido con linternas, pero iluminan con miedo, no se animan a entrar.

Guantay conoce a quien advirtió a la pareja que no avanzara cuando aquella mujer fue arrancada de la vereda. Es un chileno llamado Patricio Gómez.

—¿Quién era la mujer?

—No se supo.

—Quiero entrevistar a Gómez.

—No se puede. Está internado en el Hogar Santa Verónica, completamente perdido.

Digo que entremos. Dardo tiene miedo. Yo también, un poco.

Es un frente, como el de cualquier casa, pero apenas uno traspone la puerta de madera que cede fácilmente no hay construcción, es como una escenografía, una maqueta. Atrás está el baldío con los cimientos llenos de agua verde. Por las columnas trepan enredaderas silvestres y pastos altos cubren la superficie del terreno. Ha llovido durante la noche y unas gotas caen desde los árboles o de las vigas y hacen temblar los charcos. Dos o tres pájaros bajan persiguiéndose por una retama, como ratas.

Nos quedamos observando todo en silencio, tratando de ubicar huellas que nos ayuden a descifrar algo.

¿Y si cuando me vaya todos se sacan la máscara y dicen riendo: "Se fue, ya le hicimos creer que somos monstruos, ya le dimos material para contar cosas, ahora volvamos a nuestra vida normal y aburrida"?

En medio de muchas oposiciones, a los cincuenta y dos años, Ismael Palma va a casarse en segundas nupcias con una sobrina, Margarita Palma, hija de un hermano suyo que vive en la ciudad. Hasta último momento no se sabe si la familia de la novia irá a la ceremonia.

Dos días antes, el padre manda un sobre. La carta no es amable, pero avisa que asistirán y que los esperen con dos carruajes al final del segundo puente colgante.

La mañana de la boda se arman doce mesas y se adornan los árboles con guirnaldas. Ismael y la novia vestida de blanco esperan junto al sacerdote hasta las tres de la tarde.

—Mi padre no va a arruinarme el casamiento —dice Margarita y le indica al cura que proceda.

Es una boda inusual. Los invitados nunca aparecen. Asisten sólo algunos peones y sus familias. Horas después llega la noticia de la desgracia: el primer puente colgante se cortó mientras cruzaban y todos han perecido ahogados en las corrientes del Severino. Han sacado ya diecinueve cadáveres.

Margarita le da a Ismael Palma dos hijos varones: Estanislao y Francisco.

Nájar se puso una colonia alimonada que lo hace brillar. Estaciona la camioneta cerca del atrio de la iglesia y bajamos. Hay mucha gente ya. Siento que me observan. A unos setenta metros de donde estamos se alzan humaredas desde varias parrillas. Hombres y mujeres preparan seis mesas largas con manteles, platos y cubiertos.

Suenan unas campanas y Nájar me invita a entrar apoyando su mano en mi espalda. Nos unimos a la corriente de personas que casi arrastrando los pies se amontona frente a la puerta de algarrobo. Hay unas figuras talladas en ella, ángeles y flores, pero también serpientes y criaturas como murciélagos parecidas a la que vi desde mi estudio.

Francisco Palma se acerca por atrás y me aprieta el brazo.

—El viernes va a estar lista su cabaña —dice—. Puede ir en cualquier momento de ese día. No vaya antes porque va a haber gente trabajando.

Su tono tiene la amabilidad de los emperadores, suena espléndido pero en el fondo está dando una orden.

Le agradezco y cuando me doy vuelta para mirarlo, ya se ha perdido entre la muchedumbre.

Adentro, la planta de la iglesia es cuadrada, unos tirantes de quina muy gruesos y lustrados sostienen el techo de cedro. Parece que inicialmente hubiera sido proyectado como galpón y a último momento hubieran decidido convertir la construcción en iglesia. Cuelgan dos grandes arañas con cientos de caireles y por lo menos cincuenta focos cada una, todos encendidos. Dos escaleras trepan a una galería que rodea el perímetro; allí, en la parte de atrás se encuentra un órgano antiguo. Cerca del altar, el púlpito de guayacán sube en espiral como un remolino y se corona en un sacerdote vestido con una sotana y sobrepelliz que nos contempla con un gesto de solemne aprobación.

He sabido por Nájar que la familia Palma ha construido esta iglesia y la ha donado a la diócesis de la ciudad.

La misa comienza. La voz del sacerdote produce un eco vibrante y oscuro que se mezcla con la luz cruda de los ventanales y con el incienso. La unión de todo me da náuseas y tengo que salir. Las miradas me perforan mientras corro por el pasillo entre los bancos.

Afuera me refrescan el aire y el sol.

Camino hacia las personas que están preparando el asado y reconozco a una mujer.

—¡Paulina! —llamo.

Se sorprende y se pone incómoda.

—¿Cómo está, señor? ¿Guapo?

Le digo que ya estoy repuesto y agradezco de nuevo sus cuidados. También le digo que no esperaba encontrarla allí. Me explica que la familia Palma la contrató para que haga las empanadas. Seca sus manos con un repasador y me pide que la disculpe porque tiene mucho trabajo. Se pierde dentro de una pieza grande y no vuelvo a verla.

Hay un hombre harapiento, cuyos dedos se asoman por los agujeros de sus zapatos, cuidando una de las inmensas parrillas. Distingo costillares de vaca y cerdo, pollos y mulitas. La carne chisporrotea. Le pregunto si ya está lista.

—Casi, doctor —responde.

Le ofrezco un cigarrillo. No acepta, atemorizado.

—¿Hace mucho que trabaja con los Palma?

—Mucho, sí, doctor.

—¿Cuánto?

—Yo nací en la finca de ellos y mi padre también.

Veo a Nájar que sale de la iglesia y viene hacia mí.

Me aparto del hombre y voy a su encuentro.

—¿Qué le pasó, mi amigo? —pregunta, fingiendo preocupación.

Le explico que fue sólo un mareo, que suele sucederme en lugares cerrados.

—¿Ya está bien? ¿Quiere que volvamos adentro?

—Prefiero quedarme.

Lo veo contrariado.

—Bueno, nos quedemos nomás. No falta mucho para que la misa termine.

Me sientan a una mesa con personas que nunca he visto. Pero Nájar está a mi lado y me presenta. La mayoría son matrimonios, hay también unos chicos. Veo a todos los Palma en una mesa lejana. Francisco, Amalia, Luciana y otros más, entre los que supongo que están el doctor Estanislao y su esposa, una mujer alta y arrugada que de vez en cuando mira hacia nosotros como para controlar algo.

Los peones y las mujeres comienzan a traer bandejas con empanadas.

La conversación es mínima. Los hombres hablan parcamente de asuntos que atañen a sus negocios. Dos que parecen hermanos se dedican a la agricultura, un hombre gordo muy bien afeitado y de piel roja administra un ingenio. Las mujeres callan, a lo sumo se preguntan por los hijos. Pienso que a todos les molesta mi presencia, como si tuvieran miedo de exponerse. Quizá lo que desean es mostrarme que así son cuando un forastero se sienta a su mesa. ¿Y si fueran así siempre? ¿Recelosos aun entre ellos?

Una muchacha me alcanza una fuente de carne. Es una chica joven, diecisiete años a lo sumo, tiene un rostro hermoso, triste. Mientras me sirvo y la contemplo, veo detrás de ella a un hombre que se escurre en la misma pieza donde desapareció Paulina. Me da la impresión de que es Marco Andrade.

Me levanto. Nájar se inquieta y percibo que me sigue con la vista hasta que entro en la pieza. Pero allí sólo hay tres mujeres que limpian unas mesas llenas de harina. Atravieso la habitación y salgo por la puerta trasera que da a un pequeño patio donde un niño juega con un bebé. Más allá, se desboca el monte. Está bien, pienso, a veces confundo las cosas.

Vuelvo a mi mesa. Nájar sonríe.

—¿Qué necesita?

—Nada —respondo—. Un poco de sal.

Nájar me señala dos saleros en la mesa.

—¿Le pone sal a las empanadas?

—Como todo muy salado.

Muerdo una y le echo un poco de sal adentro.

Llegan bandejas de carne y fuentes con verduras.

El cura que dio la misa se llama Damián. A eso de las cuatro de la tarde, cuando el asado termina y los invitados van mermando, nos invita a Nájar y a mí a su casa, que está detrás de la iglesia.

—¿Por qué? —pregunto.

—Quiere conocerlo.

Nájar me conduce a la iglesia. La atravesamos y salimos por la puerta trasera. La casa del padre Damián está hecha de madera rústica. Calculo por el frente y la profundidad que tiene por lo menos diez habitaciones.

Bartolomé golpea la puerta. Nos atiende una sirvienta india.

—El padre ya viene —informa y nos hace pasar.

Adentro suena la *Toccata e Fuga* y se refleja en las paredes y en los muebles.

Entra el sacerdote, con el pelo mojado y la cara roja; nos presentamos; comenta que acaba tomar un baño de inmersión. Habla con Nájar. Es un hombre atlético, no demasiado corpulento, de voz abovedada.

—¿Qué desean tomar? Tengo un whisky importado muy bueno. Me lo trajo una sobrina de Escocia.

Sirve tres vasos sin hielo. Me alcanza uno sin mirarme. Nos quedamos callados.

—Evaristo —dice Nájar—, el padre quería verlo para conversar sobre el asesinato de Jimena Sánchez.

—Tengo una teoría —anuncia el cura de pronto—. Quizá pueda ayudarlo.

Se expresa como si yo fuera una autoridad, un juez que va a establecer la verdad, una verdad definitiva que aclarará el caso de una vez por todas.

—He podido establecer varias coincidencias que señalan a Rodas como único autor del crimen.

Explica, dirigiéndose siempre a Nájar, que la *Rho* junto a la *Ji* configuran un símbolo paleocristiano de la época de Constantino.

—Vayan tomando nota: *Ji* de Jimena, *Rho* de Rodas; Constantino es el nombre de Rodas. Es evidente que este hombre ha querido indicar estos tres elementos en el cadáver.

Estoy sentado, con los codos apoyados en mis rodillas. Las coincidencias son interesantes.

—¿Y para qué —pregunto— un asesino querría imprimir un símbolo cristiano en el cuerpo de su víctima?

El sacerdote levanta una pipa de la mesa y empieza a prepararla.

—Se trata de una persona enferma. Un enviado del diablo. Cristo es la perfección. Rodas aspira a cometer un crimen perfecto y lo firma con el emblema del Hijo de Dios. Es típico. Dios es el número siete, lo completo, Dios hizo el cosmos en siete días, el demonio es el seis, alegoría de la imperfección, de la impotencia, de la frustración. Rodas quiere emular a Cristo, pero no lo logra, como es de público conocimiento. Rodas es la Bestia, ¿se entiende? El triple seis.

Nájar comenta que el padre Damián es un estudioso muy respetado en el ámbito eclesiástico nacional.

Le digo al cura que el director de la cárcel sugiere que Rodas estaba preparado para cometer una serie de asesinatos.

—Difiero con él —responde—. El símbolo está compuesto por la *Ji* y la *Rho*. Para concretar su obra sacrílega, Rodas necesitaba una víctima cuyo nombre, como Jimena, empezara con *Ji*.

—¿Con una víctima basta? —pregunto.

—Con una basta y sobra —dice el cura, y agrega irónicamente—, a no ser que pensara seguir matando más mujeres de nombre Jimena. Sólo así sería posible una serie en su plan demoníaco.

Nájar añade que, en las ciencias exactas, la *Rho* es el símbolo de la densidad.

El cura no le presta atención, enciende su pipa y fuma con la mirada en el aire, como si continuara reflexionando.

Pienso en la historia que estoy escribiendo. Las partes buscan naturalmente conformar un todo. Por el solo hecho de encontrarse en un mismo cuerpo funcionan solidariamente, aunque no tengan nada que ver entre sí.

¿Qué tienen las partes de un libro para que el todo las acepte? ¿Son la misma cosa? Si lo son, ¿el libro no avanza? Si las palabras avanzan, entonces las partes son distintas. Y si son distintas, ¿por qué están juntas? Somos criaturas entre el desplazamiento y el regreso. De eso se trata la existencia. De eso se trata la palabra.

¿Y si los seres se juntaran no por mandato divino, no porque Dios ordena restaurar la densidad, sino por simple nostalgia, porque en sus instintos recuerdan lejanamente que alguna vez estuvimos todos pegados?

La nostalgia es el mal que nos provoca el deseo de la patria perdida. La patria no es otra cosa que el pasado, y el pasado no es más que lenguaje. Como todos, muchas veces sufro: desearía volver al pasado, cambiaría unas cuantas decisiones. Pero el pasado también está construido con palabras. Suponiendo que alguien pudiera emprender un viaje de tal naturaleza, sólo regresaría a palabras de otro tiempo. La nave que lo conduzca estaría forjada con palabras y también uno mismo, el único tripulante. La nostalgia nos impulsa hacia adelante, como un futuro recordado; son las palabras que, con el resplandor de la memoria, sólo saben avanzar incansablemente y exigir nuevas y lejanas tierras.

¿Un libro tiene tantas partes como uno quiera? ¿Cuándo está completo? La Biblia tiene muchas partes y sólo se reconocen como propias porque han sido inspiradas por el mismo espíritu. La voluntad de este espíritu reúne fragmentos que en otras circunstancias podrían existir perfectamente separados del todo.

¿Y el final? ¿Por qué la Biblia termina donde termina? ¿La obra del espíritu está concluida cuando llegamos a la última página? ¿Por qué no continuar con otra parte?

El cosmos nos habla de una sintaxis del universo. Pese a la expansión, las criaturas se mantuvieron unidas en distintos sistemas. Moléculas, células, tejidos, cuerpos, sistemas, galaxias, todo nos susurra al oído que volveremos a juntarnos.

Dios, arrepentido de la dispersión que provocó el Big Bang, ordena la reunión de todas las criaturas.

Es un crepúsculo. En el cielo se deshacen retazos de nubes rosadas y una bandada de loros pasa gritando. Palma ha salido a contar su ganado y vuelve a la casa después de dos días. Apura su caballo. Ha invitado a un ingeniero del ferrocarril a cenar y no quiere que esté a solas con su esposa.

Sus peones vienen más atrás, con la carreta cargada de carne.

Don Ismael cruza un río, sube una cuesta y de entre unas tuscas sale un hombre con un revólver. La luz es rala, pero reconoce la cicatriz en el rostro. Palma detiene al caballo. Antes de que el hombre le dispare quiere decir su nombre, pero no lo logra. La bala le revienta el pecho.

El hombre vacía el tambor del revólver sobre el cuerpo de Palma. Luego, hace girar su caballo y lo espolea, perdiéndose entre la maleza.

La casa de los Rodas está en un vecindario poblado casi exclusivamente de familias griegas. La mayoría son inmigrantes originarios de la isla de Kos, arrojados al mundo por el terremoto del '33. Parientes, amigos, forman una comunidad aparte, cerrada, como una colonia.

Cora, la esposa de Constantino, ha aceptado que la visite. Varios vecinos curiosos me escoltan. Ella me aguarda junto a sus hijos en la puerta, dos varones y cuatro niñas.

—Buenas tardes —saludo.

—Calispera —responde. Es una mujer mucho más joven que Constantino.

Me presenta a los chicos:

—Irene, Jorge, Aquiles, Helena, Estefanía y Corina.

La mayor es Irene, tendrá unos dieciocho años. No quiero mirar demasiado pero me ha parecido que de sus orejas penden dos aros con la forma de la *Rho*.

Pasamos adentro de la casa. Un anciano sentado en una silla hace rodar entre sus dedos las cuentas de un rosario.

—Es el padre de Constantino —susurra Cora—. No sabe nada de lo que sucede. Cree que su hijo está de viaje.

En el comedor han preparado una mesa con masas y dulces.

—¿Le gusta la baclava? —pregunta Aquiles, mostrando una gran sonrisa debajo de su flequillo.

Le digo que no sé. Va hasta una fuente, corta un pedazo de una especie de torta y la sirve en un plato.

—La hizo él esta mañana —explica la madre—. Está ansioso de que la probemos.

Me llevo un pedazo a la boca. Es igual que comer jugo de sol con grumos.

—Exquisito —le digo.

Aquiles se va satisfecho a contarles a sus hermanos.

Cora e Irene se sientan junto a mí. Los otros chicos salen a la vereda. Los pendientes de Irene tienen definitivamente la forma de una *Rho*.

Cora me descubre.

—Se los regaló Constantino cuando se recibió del secundario. Él está muy orgulloso de su apellido. Rodas es una familia importante en Kos. Le dije a Irene que no los usara hoy.

—No tengo nada que ocultar —dice Irene, irguiendo la cabeza.

Madre e hija son dos mujeres fuertes.

—Hábleme sobre los Rodas —le pido a Cora.

—Mi marido pertenece a la estirpe de uno de los caballeros de la Orden de Jerusalén. Católicos fanáticos. Defendieron la isla de un ataque turco en el siglo catorce.

—¿Cómo es Constantino? ¿Lo cree capaz...?

—¿De matar?

Cora detecta el paquete de cigarrillos en el bolsillo de mi camisa.

—¿Me convida uno?

Fumamos, Irene también.

Desparramada en su silla, con las piernas entreabiertas, Cora me mira fijamente, tiene unos ojos oscuros penetrantes.

—¿Y usted, señor? ¿Es capaz de matar? Constantino es un buen hombre, buen padre. Pero nadie sabe lo que pasa adentro de uno.

—¿Va a ayudarnos? —pregunta de pronto Irene—. Queremos que vuelva mi papá.

No digo nada.

—¿Qué hace usted? —pregunta Cora—. ¿A qué se dedica?

—Escribo.

—¿Puede averiguar lo que pasó realmente?

—Quizá.

—¿Escribiendo? —noto una ironía triste en la voz de Irene—. ¿Sabe que papá está haciendo una huelga de hambre? No hay mucho tiempo.

Construimos las ciudades para contener algo que se desborda sin cesar. Buscamos protegernos entre esas paredes.

Gestos corteses, sonrisas, negocios, las calles muestran letreros luminosos con palabras y nos guían hacia una existencia ordenada, alejándonos del campo. Construimos ciudades para vivir mejor. El caos se agazapa en el fondo de nuestros corazones, silencioso, latente, aguardando su oportunidad para dominarnos.

Día tras día, Dardo Guantay llega a mi departamento y desliza en mis labios unas gotas de la selva, que apenas alcanzan para calmar mi sed.

Ismael Palma llegó al mundo una noche infame para su madre, luego de un parto que duró casi dos días.

Cuentan que el niño nació con dientes y apenas salió del vientre se llevó a la boca su cordón umbilical y lo cortó él mismo desgarrándolo con sus colmillos.

Nadie sobrevive a esa noche, salvo Ismael: la madre falleció exhausta a las pocas horas y la comadrona desapareció en el monte. Su cuerpo fue hallado meses más tarde en el fondo de un barranco.

Ismael quedó a cargo del padre, Silvano Palma, quien al verlo por primera vez enloqueció y quiso arrojarlo contra una pared. Unos peones que estaban con él lo sujetaron y evitaron que lo matara. A partir de entonces, Silvano empezó a ausentarse durante largos períodos de la finca, dejando todo en manos de su capataz, un hombre de ojos color violeta. Gigante, pero de movimientos suaves, como un bárbaro fino.

Ismael se crió en el monte, solo, al cuidado respetuoso pero distante de los peones.

Una tarde, cuando cumplía diez años, tuvo un encuentro con un grupo de pitáyovai, indios que habitan en la copa de los árboles altos. Pasó la noche con ellos y al día siguiente regresó a la finca con el rostro deformado por una expresión terrible. Fue directamente al gallinero. Abrió la puerta y con una caña apaleó a todas las gallinas y gallos hasta matarlos. Siguió golpeándolos hasta que deshizo sus cuerpos. El capataz lo encontró completamente enajenado, untándose las manos con sangre humeante y llevándoselas a la nariz para sentir su aroma.

Son las siete de la tarde. Hay buena luz todavía. Es la hora en la que los jornaleros vuelven de trabajar en el campo. He quedado en encontrarme con Andrade en un café viejo que está frente a la terminal de ómnibus, cerca de la escuela donde da clases. A esa hora el cambio de turno le da veinte minutos libres.

La gente va y viene cargada de paquetes, de bolsas con flores, con alimentos; jaulas con animales, gallinas, conejos, patos. Preguntan los horarios de los viajes en las ventanillas. Los vendedores de sándwiches deambulan entre los ómnibus estacionados.

De pronto se produce un gran alboroto en los andenes de la terminal. Un hombre empieza a gritar y a mover los brazos. Su rostro está desfigurado por una expresión de pánico. Algunos de los que estamos en el bar salimos a ver qué le sucede. También se acerca un empleado de la estación de servicio que está enfrente. El hombre se abraza a dos agentes de policía y les cuenta que había visto a Ismael Palma en el camino del ferrocarril.

—Amigo, Ismael Palma está muerto hace rato —dice uno de los agentes.

El hombre insiste en que lo ha visto, con su campera negra. No le importa que le crean, habla para sí, por desesperación, para que sus palabras se fijen en el aire. Va de una persona a otra, como un mono en el monte saltando de rama en rama.

A mi lado se para alguien.

—¿Que pasó? —pregunta.

Me sobresalto. Me sorprende ver a Nájar allí, en ese momento. Le explico que el hombre que está con la policía parece asustado por algo que ha visto.

—Ah —dice con un gesto de desprecio—. Es el loco Chambi. ¿Qué decía? ¿Que vio a Ismael Palma?

—No sé —miento.

—Lo invito a tomar un café.

—No puedo ahora. Quedé en encontrarme con un amigo.

Me mira con desconcierto, como si no se esperara un rechazo mío.

—¿Quién es su amigo?

—Usted lo conoce —le digo—. Marco Andrade.

Quiero que sepa que con Marco hablamos de él.

Me despido y vuelvo al bar. Desde la mesa a la cual estoy sentado, veo a Nájar subir a su camioneta e irse. Sospecho que venía conduciendo por la calle lateral, me descubrió entre el tumulto de curiosos y se detuvo para ver qué estaba haciendo allí.

El mozo me pregunta qué sucedió. Le refiero lo que sé. Abre los ojos y mueve la cabeza.

—Muchos piensan que Ismael Palma no está muerto. ¿Qué va a tomar?

—Café.

Se dirige con su bandeja y su trapo hasta el mostrador y le pasa el pedido al dueño.

Cuando regresa y desliza mi taza sobre la mesa, agrega:

—Hay muchas historias sobre el tema, ya sabe, leyendas. Se cree que Ismael Palma no puede morir.

Es una expresión curiosa "no puede morir". "Inmortal" es quizá muy rebuscado, pero ¿por qué no decir simplemente "no muere"? "No puede morir" suena a que quiere morir, incluso que intenta morir, pero no logra hacerlo. ¿O será eso lo que en realidad la gente desea expresar? Que el monstruo, harto de sí mismo, del mal que ocasiona, trata en vano de poner fin a su existencia.

Llega Marco. Pide disculpas por la tardanza y se sienta frente a mí.

Cuenta que en la escuela su directora lo tiene cansado. Que siempre lo demora con diferentes excusas. Voy a sacar los cigarrillos y siento algo que hace ruido en mi bolsillo. Son las llaves de la cabaña.

Escucho lejanamente que Marco tampoco está contento con los preceptores porque son muy burocráticos, pero no puede irse porque ha concentrado allí la mayor parte de sus horas. Yo pienso mientras tanto que podría ir a la cabaña antes del viernes. Si me descubren, diré que creo haber olvidado allí unos papeles que necesito. Marco sospecha que la directora está enamorada y que lo fastidia porque él ni la mira. Considero pedirle el auto prestado, pero no lo hago. Prefiero alquilar uno.

Marco consulta su reloj, debe volver a clase. Pagamos y salimos del bar.

Voy a una agencia de alquiler de autos. Una oficina amplia pero casi sin muebles ni decoración. Contra la pared, un hombre sentado a un escritorio metálico me saluda con amabilidad. Le pregunto qué autos tiene disponibles. Me muestra una lista con los precios. Elijo uno porque me gusta su forma de insecto y lo solicito para el mediodía siguiente.

—¿Turista?

—Ajá.

El hombre dibuja cuidadosamente mi nombre con caligrafía antigua.

Percibe que lo observo con curiosidad.

—Disculpe, es que nunca vi una letra igual.

—Cuando yo estudiaba nos obligaban a escribir así —se excusa—. Conservo el hábito. Creo que en las escuelas de la ciudad todavía se dicta la materia.

Tarda cerca de cinco minutos en anotar todos mis datos.

Quiere hacerme un recibo por el dinero que le estoy dando como anticipo y pierdo la paciencia. Le digo que me lo alcance al otro día al entregarme el auto.

Abandono la oficina y advierto que estoy cerca de la Penitenciaría. Decido visitar a Rodas.

Me hago anunciar en la entrada y cuando ingreso, encuentro al director en el pasillo conversando con un guardia. Nos saludamos desde lejos, no me retiene.

Me llevan al mismo salón de la primera vez donde Rodas me espera, doblado sobre una mesa. Sigue adelgazando, sólo queda de él la estructura de huesos y la piel que los recubre.

—¿Cómo le va, Soler? —saluda. Su boca se estira lentamente en una mueca parecida a una sonrisa. Siento como si tuviera jugo de limón chorreando sobre mi lengua.

—Pasaba por aquí —le digo—. ¿Cómo anda?

Sigue sonriendo. Su cuerpo despide un olor a calas.

—Ya me ve. Con suerte, acabamos esto en una semana.

—La huelga que está haciendo no ayuda a nadie.

—No es una huelga, Soler. Me estoy suicidando legalmente.

Quiero que me revele más, pero no sé qué ni cómo preguntarle. Él mismo se ha encerrado en un círculo.

—Hace poco estuve cenando en la casa de los Palma. Luciana me contó que era su ayudante en el profesorado.

—Buena chica. Con muchos problemas. Distinta de su familia.

Estoy seguro de que podría brindarme matices importantes. Pero pronto, redonda, perfecta en sí misma, su participación en esta historia va a hundirse como una moneda en el mar llevando al fondo sus secretos.

—Constantino, ¿usted mató a Jimena?

Mueve su mano hasta la entrepierna y se acomoda el pantalón.

—Claro que sí. Y la marqué también.

—¿Por qué?

—Porque era de mi propiedad.

Se pone de pie, el esfuerzo le produce un calambre y cae al suelo. Llamo al guardia, que viene corriendo con un compañero.

—Estoy bien —declara Rodas—. Una semana más.

Considero la distancia hasta el departamento y decido volver caminando.

Siento necesidad de ducharme. Esto me sucede todo el tiempo. No es el calor. Algo en el aire se pega a la piel. Marco dice que puede ser la carbonilla de los ingenios azucareros que cae continuamente sobre la ciudad. He visto a veces como tirabuzones de hollín girando entre la gente.

No es tan tarde, pero las calles son muy solitarias, los focos que cuelgan de los cables rompen apenas el cuenco de la oscuridad. Unos chicos juegan a la pelota, están en alguna parte, los escucho pero no los veo. Por unos minutos pienso que estoy perdido. Como un buzo que sube desde el fondo del mar hacia la superficie, voy acercándome a las luces de la avenida y desde allí me oriento mejor.

Llego a casa y abro la canilla del baño. Mientras el agua se calienta bajo a buscar a Cecilia. Le acaricio brevemente el rostro porque don Luis está cerca y arreglamos para que venga a verme más tarde.

Me baño, me pongo ropa limpia y perfume. Luego me siento a leer las notas que he escrito hasta ahora. Algunos personajes van definiéndose y se aproximan. Muchos de los que aparecían al principio con pisadas firmes ahora se desdibujan, se borronean, pasan a conformar el fondo de los extras. Otros en cambio se han fortalecido y han encontrado lazos que los unen, formas de acercarse que los precipitan hacia un mismo punto.

A las doce tocan a la puerta. Es Cecilia. Nos besamos.

Pasamos la noche juntos, tomamos vino y café, escuchamos música en la radio. Hay una emisora que tiene programas de jazz y rock. Hacemos el amor y nos quedamos dormidos en la cama con los compases arenosos de *Bye Bye Blackbird*, de Miles Davis, enredados entre la estela que deja el pájaro mientras se va volando, una estela de cintas rojas y anaranjadas sobre el aire negro.

A la madrugada, Cecilia se deshace de mis brazos con suave contorsionismo —yo estoy despierto, pero no deseo facilitarle la tarea— y sale de la habitación. Escucho que abre la puerta y baja las escaleras tratando de no hacer ruido.

Vuelvo a dormirme profundamente. A mediodía suena el timbre y el hombre de la agencia me entrega las llaves del auto negro, brillante como un escarabajo, que me aguarda cruzando la calle.

Entro a la cabaña, todo está igual a como lo dejé cuando vine la primera vez. Preparo un poco de té. Salgo y permanezco allí, apoyado contra el auto, con la taza en la mano, contemplando los árboles que se agitan sin cesar. En el suelo, a pocos metros, descubro un objeto raro. Me aproximo. Son tres dientes amarillos sobre el polvo, encerrados en el dibujo de un círculo. Los levanto y los observo con cuidado. Podrían ser de animal o de persona. Parece un ritual.

Estoy por irme, cuando escucho unos gritos que vienen de la casa principal. Hay un cambio de luz en el monte, como si bajara la tensión del sol entre el follaje.

Tratando de recordar el sendero que tomé la primera vez que estuve, empiezo a caminar.

Después de una hora de marcha, noto que me aproximo a los confines del jardín. Me escondo detrás de unos arbustos, desde allí veo la casa. Los dos primos, Severo y Anselmo, conversan en la galería. Están vestidos como gauchos. A unos metros de ellos, un peón mantiene el fuego encendido y calienta unos hierros largos. Son hierros para marcar ganado. A veces los retira y se fija si ya están al rojo. Más allá, detrás de una construcción que podría ser un depósito o un obrador, hay un cuerpo desnudo que se mueve, como si se retorciera. Sus manos están atadas. Rodeo la casa con cuidado y llego hasta el otro lado. Desde allí logro ver mejor. Es una joven, sujeta por las muñecas a una argolla que cuelga del techo. Escucho ruidos en el interior de una pequeña habitación y me asomo. Adentro está Francisco Palma, también vestido de gaucho, lavándose las manos en un baño. No tengo posibilidades de llegar hasta la chica y liberarla sin ser descubierto. En el monte se levanta viento, ese viento que altera la luz y oscurece los árboles. Francisco Palma sale secándose las manos y dice que lleven a la chica. Severo y Anselmo corren hasta ella y la desatan. La arrastran cerca del fuego. Veo cómo el peón saca el hierro y se lo alcanza a alguien detrás de una pared. "Sujéntenla", ordena una voz. La muchacha se encabrita, su cuerpo brioso se mueve en todas direcciones. Severo y Anselmo no logran dominarla solos. Es necesaria la ayuda del peón para inmovilizarla. Cuando la tienen contra el piso resollando y gritando, el hombre que se halla invisible para mí le aplica la marca debajo de la cintura, en el comienzo de la nalga. Siento el olor de la carne quemada, y mi cuerpo se estremece por una sensación que no puedo definir, entre el dolor, el miedo y el placer.

Camino a los tumbos de regreso hacia la cabaña a buscar mi auto. Al menos, hacia donde creo que está la cabaña. Pero la confusión por lo que acabo de presenciar y la penumbra de la selva hacen que extravíe el sendero. Tomo otro rumbo y empieza a oscurecer. Estoy perdido nuevamente. Me siento a descansar bajo una tipa en el monte alto y penumbroso. El verde vibrando con la brisa empieza a hipnotizarme. Una hoja pende de una tela de araña y gira más rápido o más despacio, unos pájaros se acercan, saltan de una rama a otra con movimientos repentinos, titilantes, dos palomas se posan en la ceiba que está frente a mí. Tengo la voluntad empastada, no logro que los músculos obedezcan, como si mi cuerpo estuviera lleno de agua azul. Algo asusta a las palomas y echan a volar, sigo el silbido de sus alas. Al fin, me levanto y camino. Entro en una zona de suelo blando, como de tierra vegetal muy delgada y suelta. Los árboles son altos y escasos. Casi ya no veo donde piso. Me quedo inmóvil, tratando de orientarme. El monte de noche es indescifrable. Sin embargo, estar de pie rodeado de oscuridad y ruidos recién encendidos, como dentro de un útero, me calma un poco. Doy unos pasos y me llevo por delante una raíz. Tropiezo y caigo boca abajo, pero no me lastimo. Tengo la sensación de que la raíz —o acaso una rama— con la que tropecé es de una consistencia rara, gomosa. La busco tanteando con la mano. Prendo mi encendedor y descubro una tela roja. Tardo unos segundos en darme cuenta de que lo que estoy sosteniendo es un brazo que sale de la tierra y que la tela pertenece a la manga de una camisa. Retrocedo unos metros gateando de espaldas. Permanezco allí un rato, jadeando, aterrado, preguntándome qué es eso, dónde estoy, si alguien estará acechándome, riéndose de mí, esperando el momento más oportuno para matarme. Pero nada sucede en los siguientes minutos. Me recupero un poco y vuelvo hasta el brazo. Cavo alrededor hasta que emerge el cuerpo completo. Prendo otra vez el encendedor. Es una mujer, tiene el pelo revuelto sobre la cara. Está vestida sólo con la camisa roja. El encendedor se apaga repentinamente por una ráfaga de viento que llega desde monte adentro. Espero a que pase y lo prendo nuevamente. Trato de localizar la cintura del cadáver y levanto la camisa. Encuentro la marca negra, precisa. La misma *Rho* impresa en la carne de Jimena Sánchez. La luna ha salido de pronto por el este y su luz como silbos morados se filtra en la maleza.

Escucho un estremecimiento cerca, podría ser el murmullo de las hojas secas del suelo erizadas por el viento, podría ser una enorme serpiente que se despereza. De pronto, cerca de mí suena un aleteo almidonado y recuerdo la gárgola del atardecer. Pienso que tiene sentido: estoy en un cementerio. La criatura podría haber desenterrado el brazo del cuerpo que acabo de hallar.

La luz de la mañana se mete entre mis párpados. Despierto en una habitación de paredes de piedra con un monje inclinado sobre mí, como un cuervo.

—Tome —me ofrece una taza.

—¿Quién es usted? —pregunto.

—Un penitente. Tome.

Me incorporo y recibo la taza.

—¿Qué es?

—Una tisana de hierbas.

Es un hombre cubierto de pelos. Esconde su cabello bajo un gorro celeste y se ha enrollado la barba en el cuello. Usa un hábito gris raído.

—¿Cómo me encontró?

—Estaba tirado en el monte. Se desmayó o se quedó dormido.

Bebo el té; mi cuerpo todavía tiembla, excitado por lo que he visto.

—¿Usted solo me trajo? ¿Estas son las tierras de Palma? ¿Por qué me ayuda?

Tiene ojos duros.

—Días atrás lo vi caminando por acá —me dice.

Me pongo de pie y salgo. Reconozco el lugar. Es la misma casa de piedra que me atemorizó cuando me perdí.

Vuelvo hasta el hombre que me aguarda en la puerta.

—¿Qué hace aquí? —pregunto.

Me explica que se ha desterrado del mundo porque debe expiar un pecado y que reza por Palma para que pueda descansar en paz.

Es una mañana nublada, vibrante, la luz se encauza en las arrugas de su rostro.

—Ayer he visto algo terrible —digo, como si confesara un crimen.

El hombre me clava sus ojos de pájaro y me aferra con fuerza los hombros.

—Yo he visto cosas terribles durante años.

—Hay un cementerio —insisto y miro alrededor tratando de ubicarme.

—Sí —responde—. Y ahora haga silencio, por favor. No estoy acostumbrado a hablar tanto.

Permanece a mi lado, contemplándome.

—Rece conmigo, si quiere.

Le pido que me oriente para salir de allí. Extiende su brazo y señala una dirección.

Entro en el edificio del profesorado y me cruzo con Sotomayor barriendo el piso con un cepillo largo.

—¿Está Nájar? —pregunto.

Atravieso el patio hasta la oficina junto a la escalera. Encuentro a las mismas personas aburridas sentadas frente a máquinas de escribir que hallé el primer día. Informo que voy a ver al vicerrector.

—Cómo no, señor Soler —dice la secretaria.

Recorro el pasillo y paso a la oficina de Nájar sin golpear.

Está solo, hablando por teléfono. Me mira sorprendido y cuelga. La luz es mala, como en toda la ciudad. No veo con claridad los objetos que tiene apoyados en el escritorio. En los rincones del cuarto podría estar escondida una persona.

—Evaristo... —balbucea—. El señor Palma acaba de hablarme preocupado.

—Antes de venir a verlo llamé a todos los medios —le digo, interrumpiéndolo.

Nájar se pone pálido, le tiemblan las manos. Sonríe nervioso. Abre los ojos como si estuviera desconcertado, como si fuera la persona más humilde del mundo y no comprendiera qué le están diciendo.

—¿A los medios de prensa? ¿Para qué?

—Fui a la finca de los Palma. No estaba previsto. Me adelanté un día.

Lo observo con tranquilidad mientras se refriega las manos.

—Vi todo —digo—. Vi todo lo que pasa allí.

Se deja caer en un sillón y queda con la mirada fija en la pared durante unos segundos.

—Usted no sabe nada —me dice con repentino aplomo.

—Hay un cementerio cerca, lo encontré cuando volvía.

—Usted cree entender, pero no entiende nada —repite.

—Explíqueme.

Permanece un rato en silencio. No me mira, busca palabras en algún lugar lejano, fuera de esta habitación.

—¿Ha visto alguna vez los documentales del África? —me pregunta—. Hay uno sobre los ñus, muy interesante. Los ñus son esos animales medio cuadrados y chatos que viven en manadas de cientos de miles. Pastan en planicies enormes, a veces migran. Alrededor de ellos siempre hay depredadores, leones, hienas, cocodrilos. De vez en cuando, los leones tienen hambre y cazan un ñu. Los compañeros del ñu no reaccionan, no lo defienden, sólo miran cómo lo despedazan y lo devoran. ¿Sabe por qué? Uno puede pensar que es porque son tontos, porque no se organizan, porque son débiles. Pero en el fondo es porque hay muchos más ñus que depredadores. Los ñus han comprendido que su vida consiste en esperar que un león los devore o no los devore. Eso es todo.

Ahora me mira de frente, casi desafiante, como si con sus palabras cerrara la historia.

—Sé a qué se refiere —le digo—. Una vez vi uno de esos documentales. El león agonizaba porque se había atragantado con una costilla de ñu.

—Usted no vino por el caso Rodas.

—No hubo nunca un caso Rodas. No hace falta mucho ingenio para darse cuenta de que la *Rho* se parece a la *P* de la marca de Palma. Me causa gracia que hayan querido engañar a la opinión pública con la tontería de la letra griega. ¿Pensaron realmente que alguien iba a creerlo?

Nájar se pone de pie y se asoma a la puerta. Llama a Alicia.

—¿Quiere café? —me pregunta, y sin darme tiempo a responder, ordena—: Alicia, que nos traigan café.

Regresa a su silla y cruza las piernas. Levanta una lapicera y se pone a jugar con ella.

—¿Por qué no? Este es un mundo aislado. Somos bárbaros, no lo olvide. ¿A quién le importa algo sobre nosotros? Tenemos nuestras propias leyes. Mientras no molestemos demasiado, nos dan libertad para que resolvamos nuestros asuntos. Sólo que a veces viene algún entrometido como usted a perturbar el antiguo equilibrio que nos esforzamos en mantener. Pero no se preocupe. ¿Usted cree que nos afecta lo que hizo? Pronto el gobierno nacional olvidará todo. Como cuando un cuerpo cae al mar, las aguas se abren y al principio salpican un poco, pero en seguida la herida se cierra como si nada hubiese sucedido. A nadie le importa realmente. ¿Qué pensaba? ¿Que iba a convertirse en un nuevo héroe? Usted se irá en el próximo avión, pero nosotros nos quedamos. Y somos nosotros quienes hacemos y deshacemos las cosas aquí. Acostúmbrese: somos inexpugnables, porque a nadie le interesa cambiar nada.

—Adiós, Nájar.

—¿Para qué vino? —inquiere, siguiéndome—. No es periodista, no es policía.

Abro la puerta y salgo al patio. Se acerca una tormenta. Un viento helado se me cuela entre la ropa. Me pregunto de qué serviría darle razones. No va a entender si le digo que sólo he venido a escribir una historia.

Llego a la casa de Marco. Me abre la puerta y casi sin mirarme me introduce tironeándome del brazo. Está atento a la televisión.

—Qué quilombo —dice.

Las imágenes muestran ambulancias, patrulleros y agentes rastrillando el bosque de nogales en la finca de los Palma. Cada tanto pasan hombres con camillas cargando cadáveres envueltos en bolsas de plástico.

—Todos los cuerpos tenían la misma marca de Jimena Sánchez —comenta Marco.

Había también algunos hombres castrados y con heridas en el torso hechas con una especie de garra.

Es evidente que los Palma vienen haciendo esto desde siempre. Dejar el cadáver de Jimena en campo abierto fue un error curioso. Un error a causa del cual tuvieron que inventar la desesperada historia de la *Rho*.

—No te van a perdonar ésta —dice Marco—. Mejor te preparás para irte. Tengo cl auto afuera.

—Voy a casa de los Palma.

—¿Te alcanzo?

Le digo que prefiero caminar. Debo ordenar todavía mis ideas.

Luciana abre la puerta.

—Pase.

—¿Me esperaba?

—Si está aquí es porque ya lo descubrió.

Me lleva a la sala oscura y me ofrece asiento. No prende la luz.

—¿Sus padres?

—Afuera, en la finca, supongo. Deben de estar limpiando.

—¿Limpiando? La policía está allá. ¿No vio el noticiero?

—Lo que mostraron es sólo una pequeña parte de todo lo que hay —señala.

Baja la vista y agrega:

—Jimena era amiga mía, ¿sabe? La ayudaba en el profesorado con las materias que le costaban. Griego era una. No tenía muy buena cabeza para los estudios.

—¿Y Rodas?

—Un gran profesor. A veces nos juntábamos los tres y él me indicaba qué ejercicios debía darle a Jimena para que mejorara.

Luciana está tranquila, como si este fuera un momento previsto.

—Vi el informe forense —digo—. Lo leí varias veces. El disparo, la marca. Todo tenía cierta lógica. Algo forzada, pero en realidad había una sola cosa que no cerraba.

—La tierra pegada al cuerpo —dice ella.

—Fue usted —digo.

Saco el paquete de cigarrillos y le ofrezco. Acepta. Yo tomo uno también. Es extraño ver a Luciana Palma fumando. Le da un aspecto de monstruo adulto, reposado. Aspira el humo delicadamente, pero con determinación.

—Al revés de Antígona —sentencia.

Me cuenta que Antígona cubrió de tierra el cuerpo de su hermano muerto para cumplir con las leyes divinas, pese a que el Estado se lo había prohibido. Ella en cambio desenterró un cadáver, buscando exponer el crimen a los ojos de todos.

No me sorprendería que lo haya hecho para sentirse como una heroína griega.

—¿Sabía que iban a culpar a Rodas?

Hace de nuevo ese gesto como si tragara un hueso, los músculos del cuello se endurecen y se le marcan con precisión, sus ojos se encienden.

—Claro que no.

Se queda mirando por la ventana. La veo más sola que nunca, como dentro de una pintura de otra época. Una mujer, entre viva y muerta, bogando en el oleaje de sus pensamientos.

—*Ellos* hicieron que lo inculparan —añade—. ¿No entiende? Para darme un escarmiento.

¿Estará enamorada de Rodas?

—¿Por qué Rodas confesó?

Me mira con sorpresa y algo de suficiencia.

—Pensé que era menos ingenuo. Constantino Rodas tiene familia: una esposa, hijos. Seguramente fue sencillo hallar formas de convencerlo para que dijera cualquier cosa.

Salgo de la casa y lo encuentro a Marco aguardándome. Me abre la puerta del auto.

—Vine a buscarte.

Le agradezco y le pido que me lleve a mi departamento.

Arranca y partimos. Pero toma un camino distinto. Me advierte que antes debe pasar por otro lugar. Sale de la ciudad y aprieta el acelerador.

—¿Qué pasa?

—Quedate tranquilo —ordena.

Ha cambiado la expresión amable y el tono de su voz.

—Metiste la nariz donde no debías —explica y me rocía la cara con un aerosol que me descompone.

Baja la mano hasta la palanca de cambios y sube una marcha más. La tormenta parece alejarse. Como si alguien arreara las nubes hacia otros cielos.

Andamos durante una hora. Me siento bastante mareado. Reconozco el camino a la finca; de repente Marco se desvía de la ruta.

Llegamos a una casa, varios hombres salen de ella. Veo a Severo y a Anselmo, a Francisco, a Nájar. Hay otros más cuyos rasgos no distingo entre las sombras.

—Sáquenlo del auto —dice Francisco. Abren la puerta y dos o tres pares de manos se introducen y me arrancan del asiento. Tiro unos golpes e intento escapar hacia el monte. Escucho un ruido en mi cabeza, antes de sentir dolor, y caigo al suelo. No pierdo el conocimiento del todo, puedo darme cuenta de que me colocan boca arriba y entre varios me cargan y me llevan adentro de la casa.

Me han acostado sobre unos jergones. Estoy solo en la habitación. Pasa el tiempo, no sé cuánto, quizá horas. Por fin la puerta se abre y entran Marco, Nájar, tres hombres jóvenes y un anciano con una campera negra a quien no conozco. Me incorporo y me apoyo sobre los codos.

—Señor Soler —el viejo me clava sus ojos oscuros, pequeños y hundidos en las órbitas—. Señor Soler —repite—. Ha estado causándonos problemas.

Pienso si este esperpento será Ismael Palma, si este ovillo de arrugas con ojos como dos arañas escondidas en su tela será quien todo el mundo considera la encarnación del mal. Si es posible que esté vivo aún.

Dice:

—El mal es un concepto demasiado simple. Usted no tiene ni la más remota sospecha de lo que soy.

El hombre ha leído mi pensamiento. ¿O acaso, sin querer, en mi confusión, me expresé en voz alta?

—Pero hablemos de usted. ¿Qué cree que hace aquí?

Digo lo de siempre. Que he venido a escribir. A pasar unos días.

—Han pasado más de unos días. En esta provincia nos gustan los turistas. Vienen, miran el paisaje, dejan dinero, y se van a sus casas a continuar tranquilamente con sus vidas. Lo suyo, Soler, ya no es turismo.

Digo que tal vez me quede a vivir.

—No se lo recomiendo.

No deja de observarme, sin mover las pupilas, es como uno de esos cuadros de cuya mirada el espectador no puede escapar.

—Esta ciudad forma parte de mi país. Yo me establezco donde me da la gana.

—Usted sabe que no es así. Una ciudad es un país en sí misma. Si no ha nacido en ella, necesita pasaporte. Y usted no lo tiene, ni lo conseguirá nunca. Usted menos que nadie.

Se da vuelta para irse.

—Ismael Palma —digo—. ¿Usted es Ismael Palma?

Me mira nuevamente. Está furioso.

—¿A usted qué carajo le importa? —grita como si vomitara una plaga y sale de la habitación. Atrás de él salen todos los demás.

Me doy cuenta de que no estoy tan mal y me levanto. Sacudo mis pantalones y mi camisa. Trato luego de abrir la puerta, pero la han cerrado con llave.

Reviso el cuarto. Hay tablones de madera apilados en un costado y monturas de cuero apoyadas sobre unos caballetes, también manojos de espuelas y frenos colgando de argollas viejas y oxidadas. Descubro una abertura, una especie de claraboya, justo encima de donde estoy parado. Tiro las monturas al suelo y armo unos andamios de varios pisos con los caballetes y los tablones. Trepo, rompo el vidrio con un pedazo de madera y salgo al techo. Puedo ver la mansión iluminada de los Palma, a no más de cien metros. Sospecho que el lugar donde me encuentro es la primera casa de don Ismael. Las paredes están cubiertas de musgo y unas plantas famélicas escarban con sus raíces en las grietas. El techo se hunde. Una luz polvorienta, neblinosa, se desliza tejas abajo. Camino hasta el borde. Salto sobre las lonas de un camión que está estacionado cerca y ruedo hasta unos pastos altos. Me lastimo la espalda con algo, un alambre o un hierro clavado en la tierra.

Corro a los tumbos hacia el campo. Quiero ver desde más lejos donde he estado encerrado.

Es una construcción casi abandonada, en ruinas, con remolinos de murciélagos que taladran desde el cielo su cuerpo muerto y podrido.

Agachado, me deslizo hacia la casa grande y me escondo entre un grupo de nogales. Hay muchos autos en el jardín.

Una persona baja de una camioneta y se acerca a la puerta de entrada. Golpea, alguien lo atiende y lo hace pasar.

Decido ir yo también. Abandono mi escondite y me acomodo la camisa y los pantalones. Golpeo la puerta y un hombre vestido de gaucho con una máscara me abre y paso.

Adentro hay una fiesta. Al principio no veo bien, me abruman perfumes de distintos colores, pero poco a poco mis ojos van acostumbrándose. Todos los invitados tienen disfraces. Las mujeres llevan escasa ropa, o están desnudas. El hombre que me abrió la puerta me da una máscara y yo me la pongo sobre el rostro.

Algunos disfraces son perfectos: demonios cubiertos de pelo y ángeles con alas que nacen de sus columnas vertebrales.

Intento ir al siguiente salón, pero un guardia me impide el paso. Es un demonio con patas de carnero.

No me dice nada, simplemente no me deja avanzar. Viene un hombre que parece una autoridad, con una máscara de diablo. Me observa con detenimiento. Siento que unas gotas de sudor me corren por la cara. Por fin el hombre hace una inclinación, y me invita a entrar.

Es un salón más oscuro que los anteriores. Descubro una larga fila de invitados que se pierde entre unas cortinas negras. Quiero averiguar de qué se trata, pero otro guardia me cierra el paso y me indica que haga la fila como todos.

Los hombres entran de a uno y salen por otro lado. Cuando llega mi turno, ingreso a un lugar como una carpa hecha de telas gruesas y pesadas. Adentro hay una mujer joven, desnuda, ofreciéndome la vagina abierta.

Titubeo y ella se da cuenta.

—¿Es la primera vez? —pregunta.

Le digo que sí.

—Tiene que metérmela y tratar de acabar lo más rápido posible, para que yo no pueda gozar.

Saco el pene y lo introduzco en la mujer. Cuando termino, salgo de la tienda.

Decido descansar un rato. Me hundo en los almohadones de un sillón antiguo y observo con desconcierto la fiesta. De un lado a otro, deambulan los demonios con instrumentos musicales, guitarras, flautas, charangos. En un escritorio grande y negro, de guayacán, varios invitados firman papeles.

Con esfuerzo, porque el sillón es muy bajo, me pongo de pie y dejo que la música me conduzca. Zigzagueo con suavidad, como si me deslizara bajo el agua y llego hasta un grupo de personas que rodean a dos guitarreros. Son dos hombres con ropas de gaucho que cantan en un idioma desconocido. Son sextinas, percibo sólo el ritmo aterrador. A los pies de estos hombres hay una mujer vieja, sin dientes, que masca hojas de coca con la boca abierta. Las arrugas alrededor de su boca están teñidas de verde.

Entre los cuerpos, veo a un hombre con una máscara de mono que se introduce por un pasillo. Hay algo en él que me parece familiar, la forma de caminar, la manera en que adelanta la cabeza. Me pongo de pie y lo sigo. Es un pasillo largo y sinuoso, sin darme cuenta de pronto estoy corriendo, quiero detenerme pero resbalo hacia un salón donde diez o doce hombres me contemplan sorprendidos y molestos. Algunos están armados.

—¿Quién es usted? —pregunta uno de ellos.

Entre varios me sujetan. El hombre con máscara de mono se aproxima y dice que debí haberme quedado en el galpón.

Alguien me pega con la culata de una escopeta en la frente.

Escucho gritos de mujeres y olor a carne quemada que provienen, creo, de un sótano.

Tocan respetuosamente la puerta y entra un criollo corpulento que tiene los ojos color violeta. Fuma un habano delgado y fragante. Me deja el bolso con mis libros y cuadernos y acomoda un escritorio con una lámpara a querosén.

—El señor Palma desea que se encuentre cómodo.

La posibilidad de escribir me anima.

Pero apenas extiendo mis notas me visitan mi esposa María y mi hijo Ezequiel.

Los abrazo y lloro un rato largo.

—¿Me perdonan? —pregunto.

—Papá —dice Ezequiel—. Te extraño.

María calla.

—Yo habría deseado estar con ustedes —digo y el placer del fuego de aquella noche abrasa mi cuerpo.

—Evaristo, ¿dónde estabas mientras ardíamos? —pregunta María.

Mis ojos se queman como un papel viejo. Cuando recupero la vista, ambos se han marchado.

Por la noche oigo unos ruidos detrás de la puerta, como si alguna criatura se acurrucara después de dar vueltas como un perro. Pienso que puede ser Palma.

—¿Hola?

Nadie responde, pero sé que permanece allí.

—¿Palma?

Ni una palabra.

Escucho que se incorpora y se aleja por el pasillo.

Siento la percusión de un fuego que crepita en mi carne. ¿Será el fogón donde Palma calienta sus marcas al rojo? ¿O un incendio lejano, edificios que se derrumban mientras las mangueras de los bomberos estrellan sus chorros de agua contra las llamas?

Una joven me trae comida. Al dejar la bandeja sobre la mesa, el vestido resbala y descubre en su hombro la marca de la *P* negra sobre su piel dorada.

Recuerdo mujeres, cuerpos de junco, garzas sobre esteros de amor, frágiles y oscuras, llantos y caricias de esponja, ojos de agua, tucanes dormidos, frutas nocturnas, pieles de vino.

Dos muchachas vienen por la tarde. Me lavan y visten con ropas cómodas.

Después se retiran y espero sentado en la cama. Al cabo de una hora o dos, golpea la puerta un sirviente y se ofrece a acompañarme al comedor.

Lo sigo por pasillos y habitaciones oscuros. La

luz del candelabro pega una miel ocre a las paredes y a los rostros que nos miran pasar.

Desembocamos en un salón profundo como el universo. Hay una mesa de navío y dos lugares preparados.

—Siéntese, por favor —dice el sirviente—, el señor Palma viene enseguida.

Me traen una fuente con alimentos.

Pero Palma no llega. El sirviente me informa que ha tenido unos problemas en el campo y que deberé disculparlo.

Me escolta de vuelta a mi habitación.

No muy lejos de aquí las llamas lamen el aire y el viento que levantan hace temblar las hojas de los árboles de la casa donde duermen dos amantes.

A la madrugada me despiertan unas voces:

—Papá, déjeme descansar. Se lo suplico.

Una mujer como el último resto de tarde enganchado en la rama de un abeto.

Más voces:

—Desvestite.

—Por favor, papá.

—Desvestite, carajo. Desnuda, igual que la puta de tu madre, dispuesta a revolcarse con el primer forastero que llegue al pueblo. Pero ya vas a ver quién manda aquí.

Mujeres que siempre están enojadas, duras, salvajes, como recién salidas del monte.

Mujeres con cuello de amapola, labios de corzuela, que se revuelcan en el pasto y en la música, con piel de cebolla después de bañarse en el río, con mirada de ijares temblorosos y bocadeagujeronegroconparedeschorreandovertientesdeaguatibia.

—Mi madre no se fue con nadie, papá. Está en el fondo del río. Usted la mató, igual que a mí.

Me despierto en una cama conocida. Veo a Luciana sentada con un libro en la mano, cerca de un ventanal que da a un jardín. Me extraña no estar muerto.

—¿Qué pasó? —le pregunto.

Apoya el libro en una mesa, se levanta y viene hasta mí.

—Tuvo mucha fiebre durante dos días, pero ya está bien.

—Ismael Palma… —murmuro.

—Evaristo, debe irse de aquí. Es peligroso para usted.

Entra Cecilia desde el jardín. Un poco mareado todavía, reconozco en ese momento su habitación, donde hemos hecho el amor algunas veces. Empiezo a escuchar a las chicharras. Su canto se va intensificando hasta que tapa todos los otros ruidos del mundo. Luciana dice algo que no entiendo. Sólo veo que mueve los labios. Cecilia me acaricia la frente.

Esa noche sueño con hordas de indios harapientos, de peones muertos que piden ayuda a gritos.

Con el viejo de campera negra que los marca blandiendo su hierro como un caballero medieval en una batalla. Cuando me acerco todos se ríen de mí.

Al otro día Cecilia me trae el desayuno en una bandeja.

—¿Cómo llegué?

—Te tiraron en la puerta.

Me da una cucharada de té que bebo con dificultad.

—Luciana te compró el pasaje de vuelta en avión.

—No quiero irme.

—No podés quedarte.

—¿Soltaron a Rodas? —pregunto.

Cecilia desvía la mirada.

—Rodas sigue en la cárcel. Sostienen aún que la marca es una *Rho*, sólo que ahora se lo culpa de la muerte de todas las personas que encontraron enterradas en la finca de los Palma. La teoría nueva, según la policía, es que Rodas era el líder de una secta que sacrificaba gente en sus rituales.

Tengo todo el cuerpo en tensión.

—No vamos a hacer nada más, Evaristo —dice Cecilia—. Con Luciana quisimos poner en evidencia la muerte de Jimena para que se investigara y sólo empeoramos las cosas. Culparon a un inocente. Pensamos que la prensa nacional iba a venir y que por fin iba a salir a la luz lo que sucede en esta ciudad. No sirvió de nada. Nadie vino, sólo vos. Y casi te matan. A nadie le interesa. Nadie quiere saber sobre nosotros.

Sigo sentado en el borde de la cama durante un rato. Me duele mucho la frente. Le ruego que venga conmigo. Dice que no puede, que debe cuidar a don Luis.

Mi avión parte a las cuatro de la tarde.

Me siento pegajoso, digo que voy a darme una ducha. Cecilia me ofrece su baño.

Abro la canilla del agua caliente y me meto en la bañadera. Todo se está llenando de vapor. Algo me molesta en el costado, me toco y siento los bordes de una herida. Trato de mirarme en el espejo pero está empañado. Salgo y lo limpio con la mano. Giro el torso. Busco la *P* en mi espalda, perfecta, como la firma de un artista. Pero no está allí. Es sólo un raspón que debo de haberme hecho cuando caí.

Ni siquiera me consideran digno de su marca.

¿Eso es lo que vine a buscar? ¿Una marca?

Cuando entro a mi departamento, veo una nota bajo la puerta. Me palpita fuerte el corazón con la esperanza de que sea de Cecilia, arrepentida, anunciándome que está preparando su valija para acompañarme. Es de Carlos Sotomayor. Tiene una historia que contarme y pide que lo busque en el casino.

Camino hasta el centro. La gente sigue observándome, ahora más directamente, sonríen entre ellos, como si supieran cosas de mí. Entro al casino, un salón con más de cien máquinas tragamonedas. Una chica joven atiende atrás de una barra. Es temprano, no hay demasiados jugadores, pero no veo a Sotomayor por ninguna parte. Una vieja alimenta con monedas a una máquina de póquer. De pronto, se detiene y me observa con recelo, como si yo fuera una amenaza para ella, alguien que quiere espiarla o quitarle su dinero. O contar a su familia que ella es una jugadora y que la vi en el casino a las diez de la mañana. Los colores y los ruidos de las máquinas se elevan, parecen un tornado de agua girando por todo el salón. Me acerco al cajero. Es un hombre flaco, joven, de traje, que está leyendo la Biblia. Le pregunto a través de la ventanilla si conoce a Carlos Sotomayor. Asiente, sale de la caja y me acompaña hasta una puerta. Me muestra otro salón, bastante más reducido, donde dos personas juegan en máquinas de carreras de caballos. Una de estas personas es Sotomayor. Apuesta desesperadamente a las redoblonas antes de que el tiempo expire.

—Carlos —murmuro. Este lugar me induce a hablar en voz baja, como en las iglesias; hay gente muy concentrada en sus decisiones y rezos.

Sin mirarme, sigue apostando. Sabe que soy yo.

—Espéreme un minuto.

—Cinco minutos. Después me voy —le informo—. Estoy en el bar.

Vuelvo al salón principal y me siento a la barra. Pido un café, cuando voy a pagar la chica no quiere cobrarme.

—Invita el casino.

—No voy a jugar —explico.

—No importa.

Tomo un trago. Es un café exquisito, apenas rugoso, casi verde, pero le han puesto alguna sustancia que posiblemente actúe con la adrenalina que produce el juego en el cuerpo, para fortalecer la adicción. Todo pensado para que los jugadores continúen viniendo a dejar su dinero.

Consulto el reloj de la pared. Hora de irme. Agradezco y voy a salir. Sotomayor me alcanza antes de que trasponga la puerta.

—Gané —dice feliz—. Lo invito a tomar un café.

—Acabo de tomar.

—Lo que quiera. Un té, un jugo.

Vamos al bar de los políticos.

Me siento a una mesa en uno de sus cómodos sillones. Sotomayor se queda hablando unas palabras con una persona que encuentra en la entrada y luego se sienta también.

—Me dejó una nota —le digo con un tono mitad pregunta y mitad afirmación.

—¿Me convida un cigarrillo?

Le doy uno.

—¿Sigue buscando historias? —pregunta acercando la cabeza, como si fuera un secreto.

—Siempre.

—Tengo una.

Viene el mozo, Sotomayor pide un café con leche y cinco medialunas. Debe de ser un día de fiesta para él.

—¿Cuánto ganó? —le pregunto.

—Casi quinientos pesos.

—Entonces no necesita que le pague por la historia que va a contarme.

Su boca se extiende en ese rostro de barba despareja y sonríe mostrando sus dientes pequeños y desgastados.

—No se preocupe, después arreglamos eso.

Es de noche. Un hombre yace junto a una mujer. La ha conocido esa tarde en un cine y han ido al departamento de ella.

Han hecho el amor durante horas, entre la luz otoñal, casi amarilla, que reflejan los árboles de la calle y que llega por la ventana como una música o un olor. Es la noche más salvaje que recuerda con una mujer. Una tras otra, siete veces ha eyaculado dentro de su vagina o de su ano. La última vez ha sentido arder su pene vacío y ha temido romperse por dentro.

Toma el teléfono y avisa a su familia que no lo esperen a cenar, que le ha salido un viaje al interior y regresará al otro día.

Mientras fuma en la cama y la mujer duerme, se pregunta si el sexo es algo compartido o solitario. ¿De dónde sale tanta energía? Él suele estar conforme con una o dos veces. ¿A qué obedece que esa tarde haya terminado siete? ¿A la mujer que lo atrae demasiado? ¿A él, que ese día tuvo una tormenta hormonal? ¿O una combinación que se da en pocas ocasiones? Piensa que el hecho de saber que nunca más verá a esa mujer ha sido estimulante.

Sin embargo, finalmente es él, él solo es quien ha generado imágenes, ha endurecido su pene y lo ha introducido en la mujer. Él, que se levantará, juntará sus cosas y se irá. Se llevará su propio cuerpo y dejará el de la mujer allí, sobre la cama. Él sólo ha sentido su placer. No ha sentido el placer ajeno. La mujer está afuera, como en otra dimensión, igual que el resto del mundo. No se puede hacer el amor entonces, porque no hay amor posible. Hay amabilidad, generosidad; emociones: piedad y temor.

La mujer a su lado estira sus brazos en dormivela y sonríe. Su silueta dibuja en la penumbra algo armónico. ¿Hay belleza?

Él también apaga el cigarrillo, se da vuelta y se duerme. Duerme tranquilamente, sin sobresaltos. Sabe que ya no penetrará más a la mujer. Ninguno de los dos quiere más sexo. Han hecho un gran trabajo esa tarde. Como una construcción, un edificio de cemento. Es hora de descansar y contemplar la obra desde lejos.

Él no presiente que a seis cuadras de allí las llamas arrasan su departamento y mueren achicharrados su hijo y su esposa.

—El profesor Nájar me pidió que le contara esta historia. Dijo que iba a interesarle. Él ya me pagó.

Sotomayor termina su última medialuna, inclina la taza para no dejar nada de café con leche en el fondo.

—Adiós, doctor. Hoy hago saltar la banca.

Me deja. Estoy inmóvil, paralizado por la tormenta que por fin se desató. Soy una casa vacía con las ventanas y las puertas abiertas que baten contra las paredes. Soy la tormenta también.

Temblando, me pongo de pie y trato de salir. El mozo me alcanza un ticket. Lo escucho lejanamente. Explica que Sotomayor no pagó y que debe cobrarme a mí, porque si no, nunca verá el dinero.

Busco en mi ropa torpemente un billete y se lo doy.

En el fondo de uno de los bolsillos de mi pantalón encuentro también un papel arrugado. Es el teléfono de Javier Lencina, el taxista que me trajo a la ciudad. Voy a llamarlo en un par de horas para que me lleve al aeropuerto.

Sé que va a preguntarme:

—¿Usted no es el que venía por el caso de la chica?

Vuelvo a casa y preparo mis cosas. Son pocas. Mi ropa ocupa un bolso y mis papeles comparten un portafolios con la computadora.

Bajo con dificultad las escaleras, golpeo a la puerta contigua y me abre don Luis.

—¿Busca a Cecilia? —pregunta—. Fue al supermercado.

No habla como una persona con un problema de audición. Y aun anciano resulta temible por su corpulencia.

Le digo que regresaré más tarde, pero me invita a pasar.

Nos sentamos en el living, en unos sillones. Está prendido el fuego del hogar.

—Me dijeron que es escritor. Yo solía hacer versos, cuando era joven. Me creía el Dante. ¿Puedo preguntarle una cosa? ¿Para qué escribe una persona?

Un tronco comienza a lanzar chispas y algunas caen a la alfombra. Don Luis se pone de pie con agilidad y las apaga. Vuelve a su sillón y continúa:

—¿La esperanza de que sus libros vivan para siempre?

¿Qué placer podría darme que me lean dentro de cien o doscientos años? Mis cenizas no van a estremecerse de emoción porque mis lectores digan "este hombre sí que sabía escribir". ¿Qué le importa a Homero que lo recuerden treinta siglos después? Dejar una obra inmortal, ¿tiene sentido para el autor? ¿Alguien que sólo bebe, come y hace el amor obtiene menor recompensa?

—Juntar las cosas —respondo—. Juntar las cosas que están dispersas. Creo que el universo quiere unirse otra vez.

Me contempla con simpatía.

—El arte no es para mí —declara—. Menos mal que lo dejé a tiempo.

—¿Puedo yo ahora preguntarle algo, don Luis?

—Claro.

—¿Por qué volvieron? ¿Por qué no se quedó con Cecilia en el sur?

Se sorprende hasta tal punto que por unos segundos no sabe qué contestar, pero finalmente reacciona con buen humor.

—Veo que Ceci le contó nuestra pequeña historia.

Se pone de pie, elige dos troncos gruesos de la leñera y los tira a las llamas.

—Cuando mi esposa murió, no supe qué hacer. Vagué por distintas provincias, pero no lograba adaptarme. Aunque a usted le parezca increíble, esta ciudad puede ejercer mucha atracción. Demasiada, a veces.

—¿No pensó en Cecilia?

—Sobre todo pensé en ella. Este es su lugar. Además, mi posición es buena, no va a faltarle nada.

Se agita, pasa su mano por la cabeza, acomodándose el cabello gris.

—¿Y los Palma? ¿No intentaron vengarse de usted?

Alza los hombros, como restándole importancia al tema.

—Ando con cuidado, tomo mis precauciones. Pero no se meten conmigo —muestra sus puños—. Todavía puedo encargarme de varios de ellos al mismo tiempo. No quieren arriesgarse a pasar vergüenza.

Lanza una carcajada, un trueno luminoso que hace vibrar mi pecho.

Me despido.

—¿No va a esperar a Cecilia?

Miro el reloj. Le digo que ya es tarde. Que llamé a un taxi para que me lleve al aeropuerto.

De repente don Luis parece apenado. O resignado.

—Dele mis saludos —le pido.

—Serán dados.

—¿Usted no es el que venía por el caso de la chica?

Javier Lencina sabe perfectamente que sí soy yo.

—¿Qué me dice? Al final el griego se había despachado como a veinte personas más.

No tengo ganas de hablar. El dolor de los golpes que recibí se extiende en mi cuerpo como una mancha.

—Se quedó bastante tiempo. Nadie se queda tanto. ¿Pudo hacer su trabajo?

Miro los campos a los costados del camino. Son angostos, en seguida empiezan la selva y los cerros. Los barrancos, las quebradas, el laberinto.

—Ya veremos —respondo.

—No me llamó —reclama—. ¿Se acuerda de que me ofrecí para contarle historias?

En unos minutos más, este hombre me dejará en el aeropuerto. Despacharé mi equipaje, me darán la tarjeta de embarque y esperaré un rato en el bar. Luego alguien dirá que puedo abordar el avión.

Las aguas del océano se cerrarán. No quedará siquiera la cicatriz.

AGRADECIMIENTO

A la Fundación MacDowell, en cuya residencia para artistas pude escribir gran parte de esta novela.

AGRADECIMIENTO

A la Fundación MacDowell en cuya residencia para artistas pude escribir gran parte de esta novela.

Esta edición de 10.000 ejemplares
se terminó de imprimir en Kalifón S.A.,
Humboldt 66, Ramos Mejía, Buenos Aires,
en el mes de octubre de 2008.